捅破成功的窗户纸

Tong Po Cheng Gong De Chuang Hu Zhi

胡卫红　著

世界图书出版公司

北京·广州·上海·西安

图书在版编目（CIP）数据

捅破成功的窗户纸/胡卫红 著．—北京：世界图书出版公司
北京公司，2005.1

ISBN 7-5062-6679-2

Ⅰ．捅…　Ⅱ．胡…　Ⅲ．成功心理学—通俗读物

Ⅳ．B848.4-49

中国版本图书馆 CIP 数据核字（2004）第 128645 号

捅破成功的窗户纸

策　　划：汪向勇

著　　者：胡卫红

责任编辑：李石华　匡　平

装帧设计：左翠叶

出　　版：世界图书出版公司北京公司

发　　行：兰科图书发行部

　　　　　（地址：北京 123 信箱　邮编：100036

　　　　　电话：010—68130909—8097）

印　　刷：北京牛山世兴印刷厂

销　　售：各地新华书店

开　　本：889×1194　1/32

印　　张：6.25

字　　数：160 千

版　　次：2005 年 1 月第 1 版　2005 年 1 月第 1 次印刷

ISBN 7-5062-6679-2/F·102　　　　　定价：16.00 元

越简单越有效

那么多关于成功的书，感觉都说不到点子上，或者缺乏操作性，或者缺乏系统性，更重要的，是缺乏生于斯长于斯的中国人为人处事的潜在规则。

很多人心想而事不成，不是智慧太少，反而是聪明过头；不是方法太少，反而是心机太多。

纵观古往今来的成功人士，有无数种成功的方法，我们不做大杂烩的集合，不说好听的风雅之言，针对当今社会，针对我们面对的环境，我们对成功的方法不是做加法，而是做减法，减到不能再减，只有七个字：选、逼、借、演、炒、拍、控。

这就像习武一样，只要学会"降龙十八掌"，即可打遍天下无敌手。

选：选定方向，选定目标。

逼：逼出潜力，逼出斗志。

借：借用智慧，借用力量。

演：演出魅力，演出感情。

炒：炒出声誉，炒出机会。

拍：拍定人情，拍定关系。

控：控制自己，控制他人。

把话说到点子上，把事情做得恰到好处，这就是成功的关键！

本书介绍的七字规则，是从古今成功人士的经历中总结出来的切身经验，虽然简单，却招招实用。只有得其精髓，反复揣摩，不仅人情练达，提升我们的行为修养，而且事半功倍，稳步到达成功的顶点。

目 录

越简单越有效

运气是选出来的

一个重要问题："我是谁？"   /1
选准方向就可轻松成就未来   /6
从旁观者变成参赛者   /11
带着指南针上路   /15
莫做浅水之龙   /18
运气可以选择   /22
绝不接受平庸的结果   /25

成功是逼出来的

假如身后有一只狼   /29
想成功就不要留退路   /32
宁可被打败，切勿不战自败   /35
行动产生奇迹   /39
只需每天进步一点点   /42
求知做事要有强烈的欲望   /45
"剑到死都不能离手"   /48

实力是借出来的

好学问不如好人缘 /55
做事业要借人之力 /57
看人总要往好处看 /61
找个"贵人"当台阶 /65
模仿是高级借力之法 /69
"万物皆备于我" /72
设法从对手那里借到好处 /75
合作比竞争更有成效 /78

魅力是演出来的

想做成功者，先像成功者 /83
要舍得在形象上投资 /86
展示你的每一个亮点 /89
收起你的优越感 /93
对别人不感兴趣就是伤害 /97
切勿伤人面子 /100
永远别说"你错了" /105
以尊重为出发点 /111
雪中送炭最动人心 /114

机会是炒出来的

有实力就别怕自我表现 /117
抓住眼球就是胜利 /122
换个法子炒自己 /125

伸手越多，机会越多 /127

抓住机会，切勿松手 /131

把自己适当看高一点 /134

莫做一头默默耕耘的牛 /137

感情是拍出来的

多准备几顶"高帽子" /141

一"拍"值千金 /145

逢人先说三个"好" /148

倾听是最好的恭维 /151

拍到点子上方见功力 /155

拍住上司的五个绝活 /157

狭路相逢拍者胜 /161

权力是控出来的

对自己要有一股狠劲 /165

五种高级说服手段 /170

做大事者要有人格征服力 /174

"灌迷魂汤"的技巧 /179

如何镇住对方 /184

人生不是战场 /188

怎样让别人乐意为你效劳 /190

选 运气是选出来的

运气在你开始的那一刻就已经决定了。很多人强调勤奋而否定运气的价值，但却很难解释：为什么有的人只付出七分辛苦就有十分成就？而有的人付出十分辛劳却只有三分收成？运气取决于一个方向：在一条错误的道路上，你很难得到正确的结果。相反，只要道路正确，只要放弃坐享其成的想法，或迟或早，你都将达成愿望。

● 一个重要问题："我是谁？"

许多人终其一生也未能认清"我是谁"，他们生活在迷茫之中，追逐别人认为好的东西，然后随手抛弃。而他们的真正梦想，从来不曾在人生中扮演重要角色，最后只能伴随着失落与不甘，一起走进虚无的世界。

在希腊帕尔纳索斯山的神殿门上，写着五个大字：认识你自己。几千年来，人们一直认为这句话就是太阳神阿波罗的神谕，古希腊哲学家苏格拉底在讲学时引用最多的也是这五个字。

认识你自己，是好运的第一步。

当一个人清楚地知道自己灵魂深处的真正渴求是什么，他就能选择一个终生努力方向，持之以恒地追求梦想。

当一个人清楚地知道自己的强势和弱项，他就知道自己能做什么和不能做什么，进而知道自己该做什么和不该做什么。

一个人认识自己，他就相信自己是什么人，最后他就会成为自己心目中的那个人。无数杰出人士的成功经历为这个结论提供了佐证。

在现实中，许多人终其一生也未能认清"我是谁"，他们生活在迷茫之中，追逐着别人认为好的东西，然后随手抛弃。而他们的真正梦想却从来不曾在人生中扮演重要角色，最终只能伴随着失落与不甘，一起走进虚无的世界。

那么，如何认清一个真实的自我呢？

○ 跳出生活情景之外，画一幅真实的"自画像"

我们每个人心里都有一幅"自画像"，心理学家称它为"自我心像"。"自我心像"有如电脑程序，直接影响行为结果：你希望做最好的你，你就会在心灵的"荧光屏"上看到一个踌躇满志、不断进取的你。用积极的观念引导自己，驾驭自己，你注定会成为一个最好的你。

许多人未能认识自己的原因，是他们经常修改那个心目中的"我"，始终画不出一幅真实的"自画像"。因为他们按生活际遇来看待自己，事情顺利时，自我评价就高；事情不顺利时，就对自己做出消极判断。

认识自己，要跳出生活情景之外，看到未来远景。由此你将产生一个积极的自我确认，并充满信心地向未来目标前进。

卡耐基在他所举办的成人教育课堂中，经常讲到下面这个故事：

有一天，一个流浪汉来到卡耐基的办公室，希望寻求帮助。他脸上沮丧的皱纹、眼中茫然的神情，他的身体姿势、脸上十天未刮的胡须，以及他那紧张的神态，显示出他已经无可救药了。卡耐基请他坐下来，说："我希望我对你能有所帮助，但事实上，我却没有能力帮助你。但我可以介绍你去见一个人，他可以帮助你东山再起！"

流浪汉立刻跳了起来，抓住卡耐基的手，说："看在上帝的份上，请带我去见这个人。"

卡耐基将他带到一个大镜子前，指着里面的人说："我答应介绍跟你见面的，就是这个人。在这世界上，只有这个人能够使你东山再起。除非你坐下来，彻底认识这个人，否则，你只能跳到密歇根湖里，因为在你对这个人做充分的认识之前，对于你自己或这个世界来说，你都将是个没有任何价值的废物。"

流浪汉用手抚摸他长满胡须的脸孔，对着镜子里的人从头到脚地打量了几分钟，然后后退几步，低下头，哭泣地离去。

几年后，当卡耐基再次看见这个人时，他已经是一个衣冠楚楚的成功商人。他对卡耐基说："十分感谢你让我认识了自己，是你把真正的我指给我看。"

　　积极的自我评价，是一个不断和现实抗争的过程，不断认识自我、超越自我的过程。人是一座宝库，具有惊人的潜力，每个人都能做得比现在好十倍，这个好十倍的我，才是一个真实的我。我们要在不顺利的状况中看到自己的潜力，在不如意的境遇中看到未来远景。这样，我们就能画出一幅真实的"自画像"。

○ 产生错觉的第一个误区

人们对真实自我产生错觉的第一个误区是：喜欢用自己的弱点同别人的优点比，用自己的失败跟别人的成功比，由此认为自己一无是处，永远不如别人，同成功、幸福永远说拜拜。

"尺有所长，寸有所短"，每个人都有强势和弱项，过分夸大自己的弱点，你就会给自己贴满无能的标签。如果一个天才认为自己是一个侏儒，那么他就会真的成为一个精神上的侏儒。

一个人的自我评价将决定他的努力结果，将决定他是否成为大能者。一个自信心很强但能力平平者所取得的成就，往往比一个具有卓越才能、却自暴自弃者所取得的成就要大得多。

○ 产生错觉的第二个误区

人们对真实自我产生错觉的第二个误区是：按别人的评价决定对自己的评价。

别人的评价经常是情绪化的而不是理智的，因而这种评价也是盲目的。如果我们按别人的评价来认识自我，将会陷入迷局。

有一位画家把自己的一幅佳作，送到画廊里展出，他别出心裁地放了一支笔，并附言："假如您认为这幅画有欠佳之处，请标上记号。"结果这幅画被标满了记号，几乎没有一处不被指责。

过了几日，这位画家又画了一张同样的画拿去展出，不过这次附言与上次不同，他请每位观赏者将他们最为欣赏的妙笔都标上记号。当他再次取回画时，看到画面又被涂满了记号，原先被指责的地方，都换上了赞美的符号。

这种情况我们在现实生活中也会遇到。同样的人，同样的事，得到的评价却不同。某些人眼里的天才，在另外一些人眼里却是蠢才；某些人眼里的英雄，在另外一些人眼里却是懦夫。因为每一个人理解事物的角度不尽一样。

> 不要寄希望于别人的眼光，应该冷静、理智地认识自己，在任何情况下都要坚持给自己以积极的评价，只有这样才不会迷失自己，才能操纵自己的命运。

○ 重要的是梦想，而不是现状

阿济只有一个穷苦的聋子妈妈却没有爸爸，她因此受到人们的轻视与嘲笑。她问妈妈："我为什么没有爸爸？"

妈妈说："因为你是一个很特别的小姑娘。"

阿济于是很高兴，认为自己很了不起。不过，当她长成一个少女的时候，她知道这种"特别"并不是什么值得高兴的事情。

再后来，阿济不得不辍学去赚钱。她找到的第一份工作是在棉花田里做事，用汗水赚取微薄的薪水。

但是，阿济没有被现状迷惑，也没有被别人的轻视迷惑。她认为，既然自己生长在一个"特别"的家庭，就要成为一个特别的人，为自己，也为母亲争口气。她的方法是：从眼前事情做起，只要决定去做，就一定要做得特别好。就这样，她一点一点地提升着自己的人生。多年后，她成为美国的财政部长。

在南卡罗来纳州大学的一次演讲中，阿济向学子们道出了她的成功经验：

一个人的未来怎么样，不是因为运气，不是因为环境，也不是因为生下来时的状况。如果情况不如人意，我们总可以想办法加以改变。一个人若想改变眼前充满不幸或无法尽如人意的情况，只要回答这个简单的问题：'我希望情况变成什么样？'然后全身心投入，采取行动，朝理想目标前进！"

目前的处境只是你人生的一个驿站，梦想才是你未来的人生之路。认识自己，重要的是梦想，而不是现状。无论你的现状多么不如意，只要你坚信自己的梦想，忠实于自己的梦想，并为之付出积极努力，那么，你就能操纵自己的命运，使明天的你变成你今天喜欢的"未来形象"！

选准方向就可轻松成就未来

方向正确，永远比跑得快重要。条条道路通罗马，也通向任何你并不想去的地方。

初开车的朋友，都有过这种经历：当车驶上立交桥时，望着纵横交错的道路，会茫然不知所措。如果选错了路，下一个出口不一定在什么地方，想到达目的地，就要多费曲折。

其实人生也是这样，今天你站在哪里并不重要，重要的是你下一步该迈向何方。方向正确，永远比跑得快重要。条条道路通罗马，也通向任何你并不想去的地方。选错了方向，哪怕你奔波劳碌，终其一生，也不能到达你向往的乐园。反之，只要方向正确，你会比别人更快地到达成功的彼岸。

一个关于方向感的实验

一位研究人员用纸做了一个纸筒，里面仅能容纳几只半大不小的蝗虫。

他捉了几只蝗虫，投进纸筒，它们拼命地挣扎，最后全部死在了里面。

研究人员又把几只同样大小的青虫从纸筒顶端放进去，然后挡上这一端，奇迹出现了：仅仅几分钟时间，小青虫们就一个接一个地从纸筒的另一端爬了出来。

蝗虫的死是因为它们方向感不强，遇到困境时，不知道去寻找另一条生路，只是盲目地挣扎；而青虫恰恰相反，它们选择了一条正确的出路，所以它们活了下来。

许多人也同蝗虫一样，他们虽然有良好的自身条件和优越的外部环境，可他们东奔西跑一生，终究无所作为，因为他们没有找到努力的方向！一个人在工作中业绩不佳时，他缺少的也许不是能力，而是一个充分发挥能力的环境；当努力表现却不获重用时，缺少的也许不是勤奋，而是一个知人善任的老板。

一定要搞清问题的真正原因是什么，然后从原因出发，向目标前进。这是选定正确方向的要诀。

○ 成功就在你胜任愉快的地方

世界第二富豪、"股神"巴菲特的一个成功秘诀是：不投资自己不熟悉的行业。这也是成功人士的一个共同特点。无论金钱投资还是智力投资，在自己熟悉且胜任愉快的行业，总是比较容易获得成功。

佐川清15岁就在一家快递公司当脚夫。当了20年脚夫后，他认为应该拥有一份属于自己的事业。干什么好呢？别的行业他不懂，于是，他从自己最拿手的项目开始，在京都创办了"佐川捷运公司"，从事快递业务。公司只有一位老板和一位员工，就是佐川清自己，公司的资产是他强壮的身体。应该说，这是真正的白手起家，从零起步。

佐川清的优势是，他在这一行已有 20 年经验，知道怎样揽生意和跟客户打交道，也知道怎样把事情做得漂漂亮亮。度过艰难的起步阶段后，他成功地打开了局面，并开始雇佣员工，还买了两辆旧脚踏车做运输工具。

再后来，"佐川捷运公司"发展成一个拥有万辆卡车、数百家店铺、电脑中心控制、现代化流水作业的货运集团公司，垄断了日本的货运业，还将生意做到国外，年营业额逾 3 000 亿日元。佐川清本人也成为日本著名财阀之一。

在一般人眼里，当脚夫是比较低贱的职业，不可能有出息。其实，天下没有什么低贱职业，只要你做得比别人更好，在任何行业你都能成功。

怎样比别人做得更好呢？勤奋与敬业必不可少，只有这两条却远远不够。你最好把努力方向定在自己的强势项目上。

对没有经验的新人来说，你的天赋潜质以及你的学业专长即是你的强势项目，这是你最容易出成果的地方。

◯ 成功就在你兴趣盎然的地方

有兴趣就是天才。因为兴趣会吸引你不知疲倦地努力，挖掘出自己的最大潜力。

当你决定为自己选择一条人生道路时，要诚实地对待自己的兴趣。挤满行人的道路，不是你想像的捷径；美丽的鞋子不一定适合自己的脚；人人追逐的热门职业不一定最有前途……你自己的兴趣，才是正确的方向。

安妮塔是一位活泼、浪漫的英国姑娘，她爱美，爱旅行，爱幻想，爱出风头，从不习惯循规蹈矩地做事。大学毕业后，她做过教师、联合国工作人员等多种工作。她的表现从未超过一般平庸的员工，因为她对这些工作都毫无兴趣。

后来，她决定开办一家"美容小店"，出售天然美容品。这份事业符合她爱美的天性，是她真正的兴趣所在。

有了兴趣，就有把事情做到最好的强烈愿望。她根据自己的特点，想出了不少别出心裁的奇招。比如，每天早上，她都要在小店门前的道路上，一边优雅地散步，一边往草坪和树木上喷洒她经营的香水，目的是让顾客闻香而来。一个如此美丽曼妙的女人，一件如此风雅奇特的事，所引起的轰动可想而知。很快，全城都知道了"美容小店"和安妮塔，她的生意日益兴隆。

后来，安妮塔将"美容小店"开到几十个国家和地区，成为世界上最富有的女人之一。

> 人生追求，追根结底，不过是"快乐"二字。在你不感兴趣的事情上，因为得不到真正的快乐，你会松懈自己的进取心。
>
> 所以，兴趣才是你易于成功的地方。

成功就在你决心到达的地方

当你决心做好一件事，无论你是否具备这方面的天赋或经验，你就一定能做好它。

先天条件能对人产生诸多限制，它惟一挡不住的是人的决心。

有一个年轻人，应聘到马利安铁路公司当司机助理。领到第一个月薪水后，他心里特别高兴，每过一会儿，就要把钱拿出来数一遍。

司机是个爱发牢骚的人，见他一遍又一遍数钱，忍不住说："小伙子，你以为这只饭碗你就算捧住了吗？告诉你，你要过两三个月才通过试用期，前提是你不要惹什么麻烦。再熬上三年五载，假如侥幸不被开除的话，你就可以当上一个正式的司机，到那时你就可以眉开眼笑地数钱玩了。现在，我建议你小心看好自己的饭碗，老老实实干活去！"

年轻人窘得满脸通红："你以为我的目标只是当一个司机吗？告诉你，我将来要做铁路公司的总经理！"

"什么？哈哈！"司机笑得喘不过气来，"老板！我想我不得不叫你老板。你要是在我还没有退休之前当上总经理，我求求你不要开除我。"在他看来，一个最底层的小职员居然幻想当铁路公司总经理，简直是痴人说梦！

年轻人说："如果你老老实实地干活，我是不会开除你的。"

"哈哈，你不会开除我！但是我要告诉你，笨蛋，马上给我老老实实地干活去！"

年轻人老老实实地去干活，但他从来没有忘记那个誓言。自此，他按总经理的标准严格要求自己，努力学习一个优秀总经理需要的各种素质。他的见识，他的言谈举止，他办事的态度都变得跟那些普通员工不一样了。他一步步得到升迁。多年后，他果真成为马利安铁路公司的总经理。

只要有决心，你就一定能在人群中脱颖而出。
你的决心，就是一个正确的人生方向！
它能引导你到达你梦想的地方。

● 从旁观者变成参赛者

> 在生活中，大多数人没有获得他们渴望的成功。因为他们不是参赛选手，只是看客。他们没有目标，不知道哪儿才是自己的赛场，也不知道应该将智谋、体力投放在什么地方。

美国人霍尔兹在未成为国家级足球教练前，曾列出 107 件去世之前要干的事情，其范围从参加白宫晚宴到空中跳伞。迄今为止，他已经实现了 91 个目标。他说："确立目标并坚持不懈，你就会把自己由生活的旁观者变成参与者。"

○ 耶鲁大学的一项重要调查

耶鲁大学曾对应届毕业生做了一项调查，内容是将来毕业以后，有没有一个非常具体的人生目标？结果，只有 3%的学生回答 "Yes"，97%的学生不知道自己想要怎样的生活。

耶鲁大学继续追踪调查，结果发现，当年在学校有明确目标的 3%的学生在 20 年后，都成了有作为的人。

这个研究再一次提醒我们，设定目标对于人生成长是多么重要！

成功的人，他们在成功之前，早就确立了自己的人生目标。他们的成功，只不过是长期地向着目标坚持不懈地努力的结果。

美国前任总统克林顿在 17 岁的时候，因为学习成绩优异，得到美国白宫青年奖章，到白宫去见美国总统肯尼迪。回来之后，他买了两张画像，贴在自己的房间，还写下了这么一段话："我今年 17 岁。我发誓这一生一定要成为美国总统，服务美国民众。"

事实正如他的誓言一样、30 年后，他实现了自己的人生目标。

> 在生活中，大多数人没有获得他们渴望的成功。因为他们不是参赛选手，只是看客。他们没有目标，不知道哪儿才是自己的赛场。他们只能落寞地看着别人接受鲜花和掌声，在日复一日的平淡生活中藏起自己的希望。

○ 有了目标你就跑

目标和努力，都是成功的要素。靶子在前枪在手，意味着你已经有了目标和实现目标的基本条件。但是，你能否击中靶心？这依赖于你的枪法。而枪法是练出来的，需要付出相当努力才行。

有一则曾引起轰动的新闻：2001 年 11 月，四川联合大学博士研究生林炜的一项关于皮革鞣剂改良的科研成果，以 700 万元的天价成功地转让给重庆农药化工集团总公司。作为学生，林炜这一成就令多少同龄人称羡！但是，成功的背后，是数不清的辛劳，在她艰苦求索的道路上，洒满了心血和汗水。

1995 年 3 月，林炜在准备本科毕业论文时曾到成都一家工厂实习。她发现制革采用的两种鞣剂各有特点和缺陷。能不能取二者之优研制一种新型鞣剂呢？她请教自己的导师张铭让教授，这位中国皮革领域的知名学者对林炜的想法极为赞赏，鼓励她大胆干。

从此，林炜一头扎进了科研课题。像这种制革鞣剂产品，除了要在实验室研究外，绝大部分工作要在实验基地和工厂中完成。苦不必说，这期间所经历的失败和挫折更是常人难以想像的！张铭让教授这样评价林炜："这个女孩子爱动脑筋，又特别能吃苦。"

为了不影响学业，林炜牺牲了寒暑假，连续几年假期几乎全部泡在工厂，和工人同吃同住。制革车间环境差，湿度大，还得在水里淌，一些体力活，工人不愿意干的，林炜照样干。

功夫不负苦心人，她最后终于心想事成。

> 无论你的目标多么明确和崇高，它都不会自动走到你的面前。只有通过积极的努力，你的目标才会在你的人生中大放异彩。

○ 设立目标的六个要点

如何设定一个理想的个人目标呢？

首先，这个目标要以社会需求为基础。个人目标包含着你的价值观，它反映了你本人的需要和利益，又必然受到社会需要和利益的制约与影响。

其次，目标还需远大，你的想法同你的结果是成正比的关系。当你决定要跑 10 000 米时，自然会进行 10 000 米的长跑准备。哪怕你跑到 9 000 米的时候坚持不住了，也不必妄自菲薄，因为你已经把别人远远地抛在了后面——他们只确立了 1 000 米的目标，如今还在 900 米那里徘徊呢！

第三，目标并不是越大越好。心理学家认为，太难和太容易的事，都不容易激发人的热情和斗志。我们在制定目标时，一定要根据自己的经验阅历、素质特色、所处的环境条件等，使我们的目标既高出现实水平，又要基本可行。

第四，目标必须是自己的，而且有明确的实现期限。如果你只是为了取悦别人而制定一个目标，那么它其实不是真正的目标，而是一个指派的任务，你就不可能百分之百的投入，这肯定会阻碍你的发展。

目标应该有助于我们每天都达到最好的状态，同时让我们为明天准备得更好。所以，目标要具体，时间期限要明确，可操作性要强，这样才具有行动指导和激励的价值，你才会集中精力，开动脑筋，调动自己和他人的潜力。

第五，在制定目标时，只有强烈的期望还不够。这就是说，你应该用想像力在头脑里把目标绘成一幅直观的图画，直到它完完全全成为现实。

譬如说，你的目标是想获得更理想的工作，那么你就必须把这一工作具体描述出来，并自我限定准备哪一天得到这份工作。你绝不能对自己说："我希望有一个更好的工作——也许是推销员吧！"你要用肯定的语气说："我希望有一个更好的工作，不错，我想当推销员。我要推销某种商品。我就去找奥克先生谈谈，向他请教请教，他已经干了几年推销工作了。然后我向招聘推销员的七个公司写自荐信，过一个星期，我再给这七家公司打个电话，请他们给我安排一次面谈。"

第六，将大目标分割成小目标，各个击破。饭要一口一口吃，这是个很简单的道理。将大目标分割成小目标，然后一口一口吃掉它们，你的行动将变得更有效率。

1984年，在东京国际马拉松邀请赛中，名不见经传的日本选手山田本一出人意料地夺得了世界冠军。当记者问他是如何取得如此惊人的成绩时，他说了这么一句话：凭智慧战胜对手。

那么，他的智慧是什么呢？

十年后，这个谜终于被解开了，他在他的自传中是这么说的：

"每次比赛之前，我都要乘车把比赛的线路仔细地看一遍，并把沿途比较醒目的标志画下来，比如第一个标志是银行，第二个标志是一棵大树，第三个标志是一座红房子……这样一直画到赛程的终点。比赛开始后，我就以百米冲刺的速度向第一目标冲去。到达第一个目标后，我又以同样的速度向第二个目标冲去……40 多公里的赛程，就被我分解成这么几个小目标轻松地跑完了。"

> 许多人会因为目标过于远大，或理想太过崇高而终至放弃，这是很可惜的。把大目标分解成小目标，心理上的压力也会随之减小，可较快获得令人满意的成就感。只要一个个地完成"小目标"，大目标也就完成了。

● 带着指南针上路

> 虽然世界日新月异，成功的基本原理却不会改变。向成功人士学习，这比自己在黑暗中摸索成功方法要好 100 倍。

如果一艘轮船在大海中失去了方向舵，它只能漂泊在海上，就算它的燃料很多，也到达不了岸边。

这艘船有它想要去的大方向——海岸；也有它想要达成的具体目标——伦敦或纽约。但它迷失了方向，除了在大海里无助地兜圈子，什么想法也实现不了。

在现实中，很多人并非没有梦想和奋斗目标，但他们却迷失在生活的海洋中，迷失在琐碎的事务中。因为他们缺少一个方向舵。

怎样才能摆脱这种人生迷局呢？

15

○ 比塞尔人的启示

撒哈拉沙漠中有一个小村庄叫比塞尔。它靠在一块 1.5 平方公里的绿洲旁，从这儿走出沙漠只需三昼夜时间。可是直到 1926 年，在被肯·莱文发现它之前，这儿没有一个人走出过大沙漠。

肯·莱文用手语同当地人交谈，结果每个人的回答都是一样的：从这儿无论向哪个方向走，最后仍然会回到这个地方来。

为了证实这种说法的真伪，莱文做了一次试验，从比塞尔村向北走，结果三天半就走了出去。

比塞尔人为什么走不出去呢？肯·莱文感到非常奇怪，最后他决定雇一个比塞尔人，让他带路，看看到底是怎么回事？他们准备了能用半个月的水，牵上两匹骆驼，肯·莱文收起了指南针等设备，只拿一根木棍跟在比塞尔人后面。

十天过去了，他们走了大约 800 英里的路程。第 11 天的早晨，一块绿洲出现在眼前，他们果然又回到了比塞尔。肯·莱文终于明白了，比塞尔人之所以走不出大沙漠，是因为他们根本就不认识北极星。

肯·莱文在离开比塞尔时，带了一个名叫阿古特尔的青年。他告诉这个青年："只要你白天休息，夜晚朝着北面那颗最亮的星星走，就能走出沙漠。"

阿古特尔照着去做，三天之后果然来到了大沙漠的边缘。

比塞尔人的故事告诉我们：当我们在现实中迷失方向时，学习成功者的经验无疑是一个简明的办法。选择一个自己喜欢的成功人士，以他为榜样，按他的成功方法去做。虽然世界日新月异，成功的基本原理却不会改变。向成功人士学习，这比自己在黑暗中摸索成功方法要好 100 倍。

○ 向有经验的人士求教

许多人的困惑是：他们想要成功，想过一种与现在不同的生活。但他们不知道，何谓成功？自己想过的生活究竟是什么？这种情形，好比对售票员说：请给我一张票，我不知道要去什么地方，但是我需要一张票。

这看起来很可笑，但其实不然。对前途有所迷惑，是很正常的现象，每个人在他一生中都会遇到这种情况。如何走出迷局呢？正如迷路了要问向导一样，向有经验的人士求教，无疑是校正人生方向的有效方法。

一个 25 岁的小伙子，对自己目前的状况很不满意。他去向一位智者请教：如何找到一份称心如意的工作？如何改善自己的生活处境？

"那么，你到底想做什么呢？"智者问。

"我说不清楚。我还没有考虑过这个问题。我只知道我想要的生活不是现在这个样子。"

"那么你的爱好和特长是什么呢？对于你来说，最重要的又是什么？"

"我说不准，"年轻人困惑地说，"我真的不知道自己究竟喜欢什么。我从没有仔细考虑这个问题，我想我确实应该好好考虑一下了。"

"我明白了：你想离开你现在所处的位置，到其他地方去。但是，你不知道你到底想去哪里和到底能做什么。是这样吗？"

"我想，就是这样。看来我真是太可笑了，我想去一个根本不存在的地方。"

"这并可笑，很多人都是这样的。"智者安慰道，"现在你知道了让你产生困惑的原因，我想这已经好办多了。"

接下来，智者和年轻人一起进行探讨，这位年轻人终于明白自己到底想要什么，以及如何为达到自己的目标努力。

成功者手中握着一枚指南针，信心十足、勇往直前地走向前方；而平庸者信马由缰，到处乱碰乱撞，他们失去的是时间，收获的是迷惘和失望。

赶快去从有经验的人那儿获得一个指南针吧，这是摆脱平庸的重要方法之一。有了指南针，你就可以大踏步向目标迈进了！

● 莫做浅水之龙

最重要的不是适应环境——这只是不得已而为之的做法；最明智的做法是选择适合自己的环境。

猴子在没有老虎的地方，有称王称霸的希望，那么，它应该呆在没有老虎的地方；老虎在山林中威风八面，那么，它最好呆在山林中——跑到动物园这种安逸的环境里与猴子为伍，对它的声誉和心情一点好处也没有。

环境的好坏，并无一定，以能否发挥特长、提升自己为判断依据。每个人的兴趣、才能以及追求目标都不一样，一些人如鱼得水的环境，却能将另一些人"淹死"。所以，最重要的不是适应环境——这只是不得已而为之的做法，最明智的做法是选择适合自己的环境。

○ 等待环境，不如寻找环境

鞋子合不合脚，只有脚知道；环境是否适合自己，只有自己心里最清楚。对一个有志者来说，不能指望别人给自己一个好环境，应该根据自身需要和喜好，去寻找适合自己的环境。

"世界第一女 CEO"卡莉·费奥丽娜刚走出校门时，曾做过一段时间秘书工作。她明显感觉到，这份工作根本盛不下她的抱负。她喜欢用自己头脑中的某些奇妙想法影响别人，而不是一味地听命于人。

于是，她辞去秘书工作，当了教师。她很快发现，这份工作也不适合她，因为她不仅要按自己的意愿影响他人，还要看见实实在在的成果，包括她的薪水。

她又辞去教师工作，应聘进了著名的美国电报电话公司，当了一名基层财会员。对年轻漂亮、性格活泼的卡莉来说，财会工作未免过于沉闷。所以，她主动向上司请求，当了一名业务员。从此，她找到了发挥才华的场所，薪水和职位也节节上升。1998 年，她被评为"世界上最有权力的女企业家"。1999 年，她受聘为惠普公司"最高执行官"，终于实现了自己的人生梦想。

就像买东西要"货比三家"、买鞋子要反复试穿一样，只有经过多次选择，你才可能找到真正适合自己的环境。如果你感觉在目前的环境中没有提升机会，当然要考虑"换一种活法"。一个人一时被动，要怪环境不好；一生被动，只能怪自己没有努力。

○ 人是最重要的环境

自然环境只是影响人生的一个较次要因素，最重要的环境是人。比如，你所在的公司虽然名气大、实力强，表面看环境很好，但这里官僚主义很严重，对追求上进的你来说，很难找到用武之地。那么，你不如去一家重视人才的小公司求发展；或者，这里人才济济，藏龙卧虎，对实力稍逊的你来说，也许永远只能给别人"跑龙套"，得不到出演"主角"

的机会。那么，你不如去一家缺乏人才的公司谋求重用。

要判断人的环境是否适合自己，需要识人的本领。这也是谋事创业的一项重要资本。

"领导者的个性决定了公司的个性"。你想找到一个理想的环境，首先要寻找一个理想的老板。大致上，比较不错的老板有龙、凤、牛三种类型。

"龙"型领导者，气度宽宏，对人不抱成见，君子、小人都敢用，放手让下属发挥才干。他的理念是"有钱大家赚"，从不把下属的收益看成自己的损失。

> 在这种领导者手下，只要你是千里马，一定能得到千里马的待遇。而一旦他发现你不过是一匹跛脚马，也会毫不客气地将你一脚踢开。

"凤"型领导者，精明强干，心思细密，算路深远。他对人、对事都疑虑重重，不敢完全放心。因此，他会将公司事务设计得非常精密，把一切置于自己的控制之下。

> 在这种领导者手下做事，只要遵守规范，就不会有什么问题，省心省力。而且他有眼力，一般不会埋没你的才华和业绩。至于待遇，他可能有点小气，却不会随便将你一脚踢出去，前提是你不要明显违规。

"牛"型领导者，对自己、对别人都没有过高要求，即使你办事能力差一点，效率低一点，只要勤快做事，他也能将就。跟他相处，非常轻松，只要面子上过得去，他不会对你造成任何威胁。他对员工的能力和业绩都不是很清楚，谁跟他比较亲近，他就信任谁。

> 在这种领导者手下做事，一定不能当"无名英雄"，多跟他沟通一下，功劳自然提升一倍。

○ 环境不利，及时舍弃

许多人强调"适应环境"，他们设法将自己打磨得圆滑柔软，以适合环境的需要：人家需要一个螺丝钉，就把自己变成一个螺丝钉；人家需要一块木头，就把自己变成一块木头。这当然也是为人处世的一种方法，但只能把它作为权宜之计。出于人生大计考虑，还是应该寻找适合自己的环境。在必要时，不惜为未来远景舍弃眼前既得利益。

威耶最初在美国钢铁公司的一家分厂任负责人。他在分厂实行了劳动定额制，工人们只要保质保量完成工作定额，就可以提前下班。这一做法调动了工人的积极性，工厂的生产任务每月都超额完成。

有一天，公司董事长来工厂视察，见下班时间未到，工人已走了大半，不禁大怒。叫来威耶问明原因后，斥责道："像我们这样数一数二的大公司，绝不能采用这种小公司的方式来管理。"

威耶顿时明白，他的创新管理方式在这家官僚主义严重的公司是行不通的。于是，他毅然辞职，自创美国国际钢铁公司。现在，他的公司已是一家著名的国际化大公司了。

> 在生活中，很多人出于惰性，或者出于种种的担心，对自己熟悉、却绝无发展机会的环境恋恋不舍。比如很多国营企业的职工，明知倒闭已成定局，仍然

死抱着这棵歪脖子树。其结果，不但荒废了岁月，还彻底消磨了斗志。

俗话说得好："龙游浅水遭虾戏，虎落平阳被犬欺。"假如你是一条龙，不幸流落到水浅之处，难道你的当务之急不是离开它，去寻找任你遨游的大海吗？

● 运气可以选择

所谓"运气"，无非是做成了一件成功概率极小的事。如果十拿九稳，就谈不上"运气"二字了。当成功概率极小时，有的人自动放弃，有的人碰碰"运气"，有的人付出百分之百的努力，人生的差距就这样拉开了。"运气"好的人，总是那些进取心最强的人。

"我是自己命运的主宰，我是自己灵魂的船长。"这是恒利的警世名句。

命运可以选择，可以驾御，否则，这个世界上为什么会有那么多生而薄命的人能脱颖而出？

只有弱者才听从命运的摆布，强者却会用他有力的手，"紧紧捏住命运的喉咙"，让命运听命于他，交出他想要的一切。

○ 好运气是拼出来的

好运气往往产生于即将失败的那一刻。当失败似乎已成定局时，憋足一股劲，不顾一切地向胜利冲击，也许结局就被逆转了。成功往往属于那些自强不息、永不言弃的人。

2002 年的第 17 届世界杯足球赛上，爱尔兰在与德国的对抗中先失一球。他们没有气馁，没有放弃。在没有大牌明星、没有技术优势、没有身材优势的情况下，在比赛即将结束、大家都认为局势已定时，他们依然全力拼搏，终于在距比赛结束还有 1 分 20 秒时，攻进一球，将比分扳平，进入 16 强。他们以顽强的精神折服了场内外所有的观众，并且抓住了自己的命运。

爱尔兰教练对记者说："如果我们不努力，我们就进不了球。只要我们有机会，我们就不会放弃。"

"爱拼才会赢"，这是一句广为流传的歌词，道出了成功的真谛。竞争的结果是"物竞天择，适者生存"。除了胜利，别无选择，必须抛弃所有投机取巧、不劳而获的念头，做好打硬仗的心理准备。

好运气是练出来的

一个名叫吉姆的孩子去一家杂货店应聘，他的竞争者还有另外六个孩子。店主一时不能决定选谁，便想出了一个游戏：在地上插一根小铁棒，让孩子们在五米开外用石子投掷，谁击中的次数最多便录用谁。

孩子们一个接一个投掷。可惜，由于铁棒太小，他们谁也没有击中一次。于是，店主叫他们第二天再来试试手气。

第二天，只来了三个孩子，其中包括吉姆。店主开玩笑说："已经有四个人被你们淘汰出局，小家伙们，你们的机会增加了不止一倍。让我们开始吧！"

那两个孩子先后掷完了小石子，其中一个居然击中了一次。他高兴得跳起来。

轮到吉姆出场了。他像一个参加国际比赛的田径选手，迈着自信的步子，走到那条线旁边，不慌不忙地投掷起来。他掷出十个石子，击中六次，惊得那两个孩子目瞪口呆。店主也大吃一惊，问："孩子，你是怎样变得这么厉害的？"

吉姆说："昨天晚上，我整晚都在练习投掷铁棒。"

店主更加吃惊，"孩子，如果你始终用这种态度做事，将来一定大有出息！"从此，店主对吉姆悉心栽培。后来，吉姆果然成为一家大公司的总裁。

机会属于有准备的人。当你幸运地获得某种成果时，不过是你以前的学习和训练在此时发挥了作用罢了。

◯ 好运气是忍出来的

世上没有轻轻松松的成功。当你向目标冲击时，心智和体能都将受到严峻考验。当大家在挫折面前失去信心、纷纷逃离时，谁能忍受一切，谁就将获得胜利。

一年一度的单车比赛就要开始了，南方某个城镇又热闹起来，全国的选手云集而至。其中有三个人最值得一提。

第一个人相信宿命。他认为比赛的成败是命中注定，自己没有能力更改。如果命运不肯帮忙，任何努力都是徒劳。

比赛开始了，路太滑，好多选手都跌倒了，他也不例外。他感到很无奈，放弃了取胜的机会。

第二个人相信神灵。每次比赛前都要到关帝庙去烧香抽签，这天他抽到了一支上上签。自以为有神灵保佑的他，在比赛中，信心百倍，无所畏惧，勇往直前，结果在一个转弯处发生了意外，人事不省，不得不退出比赛。

第三名参赛者是第一次参赛，正所谓初生牛犊不怕虎，他什么也不信，就是想夺冠，赢得十万奖金，为病重的母亲治病。

比赛开始了，他拼命向前冲，路太滑了，他不止一次地跌倒。他流血了，他受伤了，剧痛向他袭来……"我一定要赢！我绝不放弃！"他忍住疲劳、剧痛，全速向前，终于获得了冠军，赢得了比赛。

成功从来是竞争的结果，在你争我夺的过程中，不必指望轻轻松松、毫发无伤的胜利，只有忍受一切痛苦，才能笑在最后。

命运从来不会辜负人，只有人会辜负自己。

● 绝不接受平庸的结果

"对于我们来说，最大的荣幸就是每个人都失败过。而且当我们跌倒时都能爬起来。"

日本人把"不倒翁"称为"永远向上的小法师"。每当人们参加竞选获胜了，就把"不倒翁"的下半身涂黑，以示庆贺。"不倒翁"重心在下，无论你如何推它，只要一松手，它马上又会弹起来。虽然只是一个小小的玩具，它所揭示的人生哲理却很深刻：永远向上的人，在接受磨难时，保持平和心态，重心向下，无论被推倒多少次，他都会不屈不挠地站起来。

○ 克服天性中的怯懦

没有一个人生而刚毅。普通人所有的犹豫、顾虑、担忧、动摇、失望，等等，在一个强者的内心世界也会出现。

二战名将巴顿，号称"血胆将军"。当有人问他在开战前是否感到恐惧时，他说："我常在重要会战，甚至交战中发生恐惧。"但是，他又说："我绝不向恐惧屈服。"

同样，鲁迅彷徨过，伽利略畏惧过，奥斯特洛夫斯基甚至想到过自杀。但这并不能否定他们是坚强刚毅的人。刚毅的性格和懦弱的性格之间并没有千里鸿沟，刚毅的人并非没有软弱，只是他们能够战胜自己的软弱。

> 只要不断地磨炼自己，从多方面跟软弱进行斗争，你也能成为坚强刚毅的人。

厄运只能制造障碍，却不能扼杀希望

只要希望还在，人生就没有真正的失败。

一位钢琴演奏家用了近 20 年时间提高技艺，就在他的技术炉火纯青、即将声名远扬时，一场车祸夺去了他的双手。他将怎样去面对这悲惨的命运？

这位钢琴演奏家无法继续他的钢琴之梦，但他却因此成为了一位著名的演说家。

在打击和磨难面前，仅仅停留于无休止的叹息，怨天尤人、诅咒命运，这样做是最容易的，却是最没有用处的。怨恨和诅咒人人都会，但从怨恨和诅咒中得到好处的人却从来没有。

悲观绝望，自暴自弃，承认自己无能，这是意志薄弱、缺乏勇气的表现，也是自甘堕落、自我毁灭的开始。用悲观、自卑来对待挫折，实际上是帮助挫折打击自己，是在既成的失败中，又为自己制造新的失败。

我们应该相信，挫折只是命运的附属品，它绝不能决定命运。命运还靠我们自己来选择，来掌握。

○ 当结果不理想时，改进你的行为再试一次

　　格鲁德·史密斯曾说："对于我们来说，最大的荣幸就是每个人都失败过，而且当我们跌倒时都能爬起来。"

　　休斯出生在一个富有的石油商人家庭，18 岁那年，他的父亲因病去世，他继承了父亲攒下的几百万美元家产，并接管了父亲的公司。野心勃勃的他，决定投资他喜欢的电影业。20 岁那年，休斯投资拍摄了一部没有一家电影院愿意放映的电影，亏了八万美元。

　　一般人初战不利，往往信心受挫，首先想到的是放弃，但休斯不是。他意识到，这次失败，是他学艺未精所致。于是，他来到纽约，拜一位著名制片人为师，学习制片技术。回来后，他即拍摄了第二部电影：《阿拉伯之夜》。这部电影大获成功，荣膺奥斯卡喜剧片奖。

　　休斯信心大振，决定拍摄一部战争加爱情的大片：《地狱天使》。他不惜血本，拿出一半家产，决心将《地狱天使》拍成一部轰动的巨片。为了使场面宏大壮观、精彩刺激，他决定采用实人实景的方式拍摄。为此，他向英国、法国和德国租用各型战斗机 87 架，聘用飞行员 135 名。

　　在拍摄时，休斯固执地要拍一个飞机俯冲轰炸，然后坠落燃烧的镜头。这是一个极危险的动作，没有哪个飞行员敢拿性命开这种玩笑。好在休斯自己会开飞机，别人不敢玩命，他敢！于是，他穿上飞行服，登上侦察机，飞向蓝天。谁知飞机俯冲而下时，一头栽在地上。休斯身受重伤，幸而不曾丧命。

　　伤愈后，他继续主持影片的拍摄。两年后，《地狱天使》终告拍成。休斯满心指望这部耗资 300 万美元的影片能一举成

名，但观众的反应却出奇的冷淡，这部苦心孤诣的影片只是一部失败的劣作。

一般人到了这种地步，肯定认为放弃是惟一的选择，但休斯确实不是一般人。他毅然决定，重改剧本，另选演员，拿出另外半个家当，重新开拍。休斯明白，这次若不成功，他就要倾家荡产了。因此，他认真总结了前次失败的原因，进行了更充分的准备。所幸，这次拍摄十分成功，《地狱天使》果真成为一部轰动天下的超级大片。

在电影业获得成功后，休斯用积累的资金，创办了"休斯飞机公司"，经多年发展，成为名动天下的"飞机大王"。

不要害怕犯错，人就是在犯错中变得智慧，哈伯德说："一个人所能犯下的最大错误，就是他害怕犯下错误。"

不要害怕失败，人就是在失败中变得强大。丘吉尔说："勇气使危险减半。"

逼成功是逼出来的

2

天下的事情没有轻轻松松、舒舒服服让你获得的。你必须做得比别人好一倍，你才有可能脱颖而出。很多人终生碌碌无为，并非缺少才能和机会，只是受惰性支配，以 60 分为满足。杰出人士跟普通人一样，也有恐惧和畏难情绪，也有惰性和迁就心理。只不过，在面临难关时，他们能逼迫自己，坚持向 100 分努力。

假如身后有一只狼

很多人终生碌碌无为，并非缺少才能和机会，只是受惰性支配，抱着多一事不如少一事的心理，闲置自己的能量，没有深刻的危机意识。

潜力是逼出来的。就像炮弹要经过剧烈撞击才能发射一样，你需要一个强烈"撞击"，撼动你静止的才能和你习惯的一切，这样，你就能将自己的天赋潜能发挥至佳境。

一个年轻人第一次参加马拉松比赛就获得了冠军，并打破世界纪录。当他从领奖台上走下时，被问及最多的问题是：你是如何取得这样好的成绩的？冠军的回答出乎人们的意料。他说：以前我也不知道自己能跑出这样好的成绩，只是因为一年前的一个早晨，一切才发生了改变。

冠军望着记者们探询的目光，慢慢地讲了起来："我们的训练基地位于崇山峻岭之中，每天早晨，天没亮就要出去跑步。一天，我在训练途中，忽然听见身后传来了狼的嚎叫声，而且越来越近。我想我一定是被狼盯上了，我开始拼命地跑。那一天我的成绩好极了。后来教练让我总结原因，我说，因为身后有狼在追我，我不得不跑得尽可能快。教练意味深长地说：'原来不是你不行，而是你的身后缺少一只狼。'后来我才知道，那天清晨根本就没有狼，我听见的'狼'声是教练装出来的。从那以后，每次训练，我都想像身后有一只狼在追我，我的纪录就是这样创造的。"

那么，我们何不假设能身后有一只狼呢？在这个人人抢夺生存空间的社会，激烈的竞争就像碎石机一样粉碎着现存的一切，它容不得怠惰和荒疏，其威慑力其实不亚于一只狼啊！

身处安逸时，要逼自己动起来

"这件事会有人去做的，用不着我动手。"

"这个问题会有人想办法的，用不着我操心。"

这是人们惯有的心理，凡事依赖别人，不到万不得已，不让自己劳神费力。但是，事情都是别人做出来的，办法都是别人想出来的，功劳和收获无疑也是别人的。所谓"一分耕耘，一分收获"，你想获得成功，就要克服好逸恶劳的心理，逼自己动起来，多争取做事的机会。

晓禾的成功就是被逼出来的。他大学毕业后，被分配到一家出版社做编辑，平平庸庸地度过了近 30 年。一次，他负责编辑"外国文学名家精选书系"，选入了几代翻译家的代表作。在选用一位老前辈翻译的几篇莫泊桑的作品时，遇到了版权问题。于是，他特别致函该译本原来的出版社，提出版权申请，并请出版社帮助联系译者的后人，但遭到了严词拒绝。

求人不如求己，晓禾决定自己翻译。

想不到，他翻译的几篇莫泊桑小说出版后，被几家外国文学选本选用，他自己也被业内人士推崇为翻译家。

晓禾后来谈到这件事时说："今天想来，我实在应该感谢那家出版社，如果不是他们的严词拒绝，我就不会动手去翻译，也不会平庸一生在晚年却成了翻译家。"

如果你想有所成就，一定要给自己施加压力，逼自己去做那些你不乐意做、却对你的事业很有帮助的事情。没有压力，人就会像温室中没有经过风雨洗礼的花草一样，虚有其表而欠精神。

○ 境遇不利时，逼自己不要放弃

"汽车界的奇才"艾柯卡曾说："在逆境中，最好的办法是不要闲着，要把你的愤怒和精力倾注到积极的工作中去。"只要不放弃，就有反败为胜的希望。

阿平大学毕业后，凭着一股初生牛犊不怕虎的闯劲，东挪西借开了一家电脑专营店。一次，他用借来的 20 多万元，以较低的价格，从省城一次性购进了 30 台处理电脑。

结果，这批电脑的软驱和光驱存在严重问题，当阿平赶到省城准备联系退货时，售货方已是人去楼空。万般无奈，阿平只好对所有已售出电脑做退货处理，20 多万元的货物压在手中，破产已成定局。这对初出茅庐的阿平打击之大，可想而知。但他知道，怨天尤人和痛哭流泪都没有任何意义，惟一的办法是另寻出路。

阿平多方奔走，四处推销这些积压电脑。一天，他来到一所大学，发现多媒体教室外有好多学生在排队等着上网。阿平脑中灵光一闪：上网的电脑一般不用软驱和光驱，何不用这些电脑开一家网吧？

于是，他在学校附近租了两间房子，进行简单装修后，他的"新世纪网吧"便开张了。生意出奇地好，没用半年便收回了所有投资。他陆续开了五家分店。几年下来，已经积累了近百万资产。

但是创业之路总是充满了坎坷。当阿平刚刚投巨资建成一家全市规模最大的网吧时，全国开始大规模整顿网吧。阿平的六家网吧中有四家被要求停业整顿。

阿平没有坐以待毙。经过考虑，他放弃网吧，转而创办了一所电脑应用技术学校。学校发展得很快，买了一栋楼，购置了最先进的电教设备。他成了名副其实的"百万富翁"。

当别人问起阿平的经营秘诀，他总是说：多亏了两次破产，是破产给了我"生财"的机会。

我们可以看到，阿平从破产中获益，是逼出来的机会。在逆境来临时，他没有躺在那里听天由命，而是逼自己去寻找解决办法，并终于使坏事变成了好事。

● 想成功就不要留退路

把自己逼到无路可退时，你就没有了左顾右盼，没有了瞻前顾后，你的注意力会被有力地集中起来，在本能的驱动下，发出几十倍的威力，创造一个奇迹。

"一个奋斗者不需要退路，他必须排除万难去争取胜利。"这是德国财经作家、百万富翁博多·费舍尔的一句名言，也是从无数成功者的事迹中总结出来的一个经验。

在生理学上，有一种自然现象叫"应激反应"，是说人处在极端危急的境地时，能发挥出令人惊奇的、巨大的潜能。

很多成功人士将这种"应激反应"运用到事业中，他们的方法是：不给自己留退路。在危难之时掐断退路，就极有可能逼出自己、乃至整个团队的最大潜能，创造一个奇迹。

◯ 一个著名的历史事例

汉三年，韩信率数万精兵进攻赵国。赵国将领陈余得到消息，率领20万大军布防于井陉口。井陉口是入赵的必经之路，是太行山的险要关口。这里道路狭窄，两车不能并行，只能沿着狭长的隘道循序而进。从兵力和地形上看，都有利于赵军。

韩信统领汉军，在距井陉口30公里的地方驻扎下来。

半夜时分，韩信在中军帐中派兵遣将。他命2 000名骑兵，全副武装，绕到赵军背后。

韩信嘱咐士兵："赵军看到我们的主力部队后撤，一定会倾巢而出追击我们。只待他们的营垒一空，你们就立即冲进去，拔去他们的旗子，换上我们的旗子，然后配合主力夹击赵军。"

接着韩信又派一万人马做先头部队，出井陉口，背对着河水列阵。

天色微明时分，韩信布置停当，命令全体汉军大张旗鼓，喊声惊天动地杀奔井陉口。赵军回击，韩信假装战败，丢弃旗鼓，退到河边阵地，与在那里列阵的一万士兵合在一处。

赵军看到汉军败退，果然倾营出动。此时，汉军前面是勇猛的赵军，后面是滔滔河水，没有退路。士兵为了生存，个个奋勇，以一当十，拼死搏杀。赵军多次冲击，都不能击溃汉军。

正当两军杀得难分难解之时，偷袭的2 000骑兵进入赵营，把赵军旗帜全部换成汉军的红旗。此时，赵军多次进攻不利，将士十分疲劳，主将不得不下令收兵回营。当赵军看到自己的营盘插满了汉军的旗帜时，大惊失色，立刻慌乱起来，人人争先逃命。占领赵营的汉军乘机杀出，赵军腹背受敌，全线崩溃。

兵法中说："陷之死地而后生，置之亡地而后存。"韩信正是想到汉军中新兵多，缺乏训练，斗志不够坚定。因此，必须把他们安排在没有退路的'死地'，他们才会死里求生，英勇杀敌。他的策略，就是利用了人的"应急反应"，使那些未经训练的新兵发挥出了十倍的效能。

> 俗话说，兔子逼急了要咬人，狗逼急了要跳墙，这都是"应急反应"的表现。人逼急了更不得了，智谋和体力一旦集于一点，泰山可移，沧海可填。

○ 没有走不通的路

詹姆斯出生在一个贫穷的家庭，年轻时做过各种既辛苦又不赚钱的工作。后来，他说服新婚妻子，卖掉家里的房子，凑足 3 000 美元，开了一家机电工程行。几年后，他的公司迅速壮大，年营业额超过 100 万美元。

詹姆斯不满足于现有成就，他决定让自己的公司上市。当詹姆斯办妥成立股份公司的一切法律手续后，却找不到一家证券商愿意承销他的股票。

詹姆斯不是一个轻易认输的人。他想：难道我非得依赖那些讨厌的证券商吗？我就不能自已发行吗？

在华尔街的历史上，撇开承销商而自行发行股票，是破天荒的第一次，行家们都断言詹姆斯必然以笑话收场。

詹姆斯邀请他的热心肠的朋友们，从一个城市到另一个城市，到处散发招股说明书，推销股票。他的离经叛道之举使他在华尔街名声大噪，人们抱着或敬佩、或赞赏，或好奇、或尝试的心理，踊跃购买他的股票，短时间内便卖出 40 万股，筹得 100 万美元。

获得资金后，詹姆斯如虎添翼。他以小鱼吃大鱼的方式，在股市进行了一系列漂亮的投资运作，奇迹般地兼并了多家大公司，创造了一个全美家喻户晓的现代股市神话。

路是人走出来的，它始于拓荒者的决心和勇气。在"此路不通"的地方，只要你绝不退缩，逼着自己踏平坎坷、拨开荆棘，命运就会向你亮起绿灯。

宁可被打败，切勿不战自败

在事情还没做就认为肯定不能成功，因而放弃尝试，这不是一种好习惯。宁可被事情打败，也胜于不战自败。被事情打败，只能证明自己实力不足；不战自败，不但否定了自己的能力，对勇气和信心都是一种严重伤害。

从潜质上说，每一个人都有成功的能量。从心情上说，每一个人都渴望成功。但实际上很多人却始终远离自己的梦想，生活在缺憾中。这是什么原因呢？因为他们迷恋轻松安逸的生活，得过且过，轻意放弃。

首先相信，成功就在脚下，决心就是起点

从前有一个农场主，一心想要发财致富。一天傍晚，一位珠宝商前来借宿。农场主对珠宝商提出了一个藏在他心里几十年的问题："世界上什么东西最值钱?"

珠宝商回答道："钻石最值钱!"

农场主又问："那么在什么地方能够找到钻石呢?"

珠宝商说："这就难说了。有可能在很远的地方，也有可能在你我的身边。我听说非洲中部的丛林里有未开采的钻石矿。"

第二天，珠宝商离开了农场，四处收购他的珠宝去了。农场主激动得一夜未合眼，并做出了一个决定：将农场以低廉的价格卖给一个年轻的农民，独自踏上征途寻找远方的宝藏。

第二年，那位珠宝商又路过农场。晚餐后，年轻的农场主和珠宝商在客厅里闲聊。突然，珠宝商望着书桌上随意放着的一块石头两眼发亮：这不是一块普通的石头，这是一块天然的钻石！随后，他们在找到钻石的小溪边又发现了一些天然钻石。原来，整个农场的地下蕴藏着一个巨大的钻石矿。

而听说那位去远方寻找宝藏的老农场主成了一名乞丐，最后跳进了尼罗河。

我们到处寻找成功的机遇，却不知道，成功之路不在任何地方，它就在你的脚下。当你决心向人生目标进发时，你就已经踏在通往成功的道路上了。你只要把眼前任何一件有意义的事做到最好，最后你必能成功。

逼迫自己尝试一下，切勿不战自败

有的人一辈子没做过一件像样的事，并不是因为他没有

才能，而是在他心底里就认为自己不行，自己做不了这件事，连试一试都不敢。

林肯曾经给人讲述过这样一个故事："我的父亲曾经以较低的价格买下了西雅图的一处农场，农场地上有很多石头。母亲建议把石头搬走，但是父亲说：'如果这些石头可以搬走的话，原来的农场主早就搬走了。这些石头都是一座座小山头，与大山连着，哪里搬得完呢？'有一天，父亲进城买马去了，母亲带着我们在农场劳动。她说：'让我们把这些碍事的石头搬走，好吗？'于是我们就开始挖那一块块石头。不久，我们就把石头搬光了。因为它们并不像父亲想像的那样，是一座座小山头，而是一块块孤零零的石块。"

宁可被事情打败，也胜于不战自败。

○ 首先认为"我能行"，然后逼迫自己证明"我能行"

当一个人处于较低的地位时，很容易对自己评价过低；当他认为"我不行"时，无论做什么，都会缩手缩脚，不敢倾尽全力。所以，必须突破"我不行"这种心理障碍，首先假设自己能行，然后去积极尝试，你会发现自己真的能行。

一天，几个白人小孩在公园里玩，一位卖氢气球的老人推着货车走了过来。白人小孩立刻围拢过来，每人买了一个，然后高举着气球，兴高采烈地跑开了。

这时，公园角落里有一个黑人小孩，他羡慕地望着白人小孩，却不敢过去和他们一起玩。白人小孩的身影消失后，他才怯生生地走到老人的货车旁，低声恳求道："您可以卖一个气球给我吗？"

老人温和地说："当然可以。你要一个什么颜色的？"

小孩子鼓起勇气说："我要一个黑色的。"

37

老人惊诧地看着孩子，给了他一个黑色的氢气球。

小孩开心地拿过气球，不小心小手一松，黑气球在微风中冉冉升起，在蓝天绿地的映衬下形成了一道别致的风景。

老人眯着眼睛看着气球上升，用手轻轻地拍了拍小孩的后脑勺，说："记住，气球能不能升起，不是因为它的颜色、形状，而是因为气球内充满的氢气。一个人的成败不是因为种族、出身，关键是你的心中有没有自信。"

老人的话使小男孩深受鼓舞，他开始摆脱对肤色的自卑，勇于追求自己的梦想。多年后，这个小男孩成了美国著名的心理医生，他就是赫赫有名的基恩博士。

立志成大事的人，就要相信自己，热爱自己。拿破仑·希尔告诉我们："只要有信心，你就可以移动一座山。"自信心能告诉你"我能行"，进取心能激励你向所有人证明"我能行"。

用训练缩短你跟成功之间的距离

很多人梦想着像阿里巴巴那样，喊一声"芝麻开门"，宝库的门就自动打开了。可惜，这只是一个美好的愿望。只靠"愿望"不能达成任何愿望，只有积极的行动能帮助你心想事成。

威廉曾是一位职业棒球运动员。退役后，他决定做一个保险推销员。当他去一家保险公司应聘时，那位负责招聘的经理拒绝他说："推销员必须有一张迷人的笑脸，而你却没有。"

威廉想："既然我缺少一张迷人的笑脸，我就练出一张迷人的笑脸来！"

自此，威廉每天对着镜子苦练笑脸，或微笑，或大笑。经过一段时间的练习，他对自己"迷人的微笑"很满意了，再次去那家保险公司应聘。经理说："你的嘴确实笑得很迷人，可惜脸部肌肉还是过于僵硬。"

威廉虽然有一点失望，但并不气馁，回来继续练习。他搜集公众人物的照片，细心揣摩他们迷人的笑脸，并对照练习。当他对自己的脸部肌肉能够控制自如时，又去见那位经理。经理再次给他泼了一盆冷水："你的脸还不够迷人，因为你的眼神中没有笑意。"

威廉继续练习。他发现，除非真的感到开心，眼神才会有笑意。

他如愿以偿被那家保险公司录取，并最终成为美国人寿保险业中少数几个年收入超过百万美元的超级明星之一。

> 一定要打消投机取巧的念头，想得到什么，就逼迫自己去努力争取；缺少成功的条件，就逼迫自己去努力创造条件。当你保持这种积极的态度时，做任何事都能成功。

● 行动产生奇迹

> 很多人总是眼睁睁地看着身边的机会溜掉，为什么呢？因为他们不敢行动，怕准备不充分，会失误；怕一脚迈不好，会跌倒。当一切都准备好后，却又时过境迁，再采取行动已经毫无意义了。

一位爱好写作的青年向鲁迅请教"成功秘诀"。鲁迅拉着他的手一块来到海滨，要他下水游泳。这位青年怔了一下，急忙掏出一本《怎样学游泳》的书，坐在礁石上看了起来，只有两只脚丫伸进水面搅来晃去。鲁迅问："这本书你以前看过没有？"

青年答道："看过五六遍了，但总觉得没有全部背熟……"

鲁迅说："我来帮帮你!"说着，便把这位青年推进水里。

这位年轻人终于在水中学会了游泳。

◯ 先迈出第一步，然后一步一步往下走

要成功，迈出第一步很重要，这表明你已经开始行动了。然后一步一步地走下去。如果你抱着不达目的誓不罢休的决心，你就会进入状态，就像一匹狂奔的战马，再大的障碍也很难阻止你前行。

刘秀忍是一位台湾姑娘，因生活所迫，她才念到小学四年级便辍学了。结婚后，刘秀忍和丈夫合办了一家贸易商行，生意还不错。但她不满足于小打小闹，便说服丈夫，孤身一人去日本创业。

来到日本东京后，刘秀忍才发现事情远不像她想像的那么简单。首先，人生地不熟；其次，语言不通；第三，资金不足。

但是她想先做起来再说。于是，她设法找到在日本的台湾人帮忙办手续，办起了一家小小的贸易行，里里外外全是她一人。

刘秀忍一面学日语，一面尝试谈生意。

小学四年级水平的她，居然短时间内就能用日语简单交流了，但生意方面却很不顺利。她一天天带着希望走出门，又一天天带着失望走回家。

终于有一天，刘秀忍看到了一丝曙光：一位日本商人被刘秀忍百折不挠的韧劲所感动，把自己做不过来的一笔小生意让给她做。刘秀忍认认真真地将活干得很漂亮。这桩生意做下来，好像局面一下子打开了，生意接踵而至。

刘秀忍将贸易业的生意做顺后，用积累的资金投资房地

产业。后来，她成为拥有三家大公司、七座百货大楼以及多家分公司的大老板。

> 智者虽有千虑，不立即行动，也将一事无成。愚者虽少智慧，只要在行动中磨练自己，也将心想事成。在任何时候，我们不要忘记提醒自己：立刻行动，首先迈出第一步，切勿坐失良机！

坚持到底，奇迹就会发生

圣经上说："没有行动就等于死亡。"行动起来总会有收获。

史泰龙出身贫苦，十岁时父母离异，13 岁辍学在家。他看了一场由世界先生史提夫·利夫士主演的电影后，便狂热地爱上了电影，并立志成为电影演员。尽管他知道自己有口吃的毛病，又没有文化，人长得又不特别帅，但他全然不顾，立即开始了行动。他找来好莱坞电影公司的名录，开始照着上面的地址，一家一家推荐自己。讽刺、挖苦、嘲笑……没有一家公司接受他。

在第 1 000 次遭到拒绝后，史泰龙没有灰心，而是根据自己 1 000 次行动全部遭到拒绝的实际体验写了题为《洛奇》的剧本。然后又一次一次地走进一家又一家的电影公司，终于在第 1 600 次的时候，有人愿意出钱买他的剧本，但不是由他来主演。尽管此时他饥寒交迫，他还是说 "No"。

在第 1 855 次时，史泰龙如愿以偿。他主演的《洛奇》一炮打响，他也成为了超级巨星。

> 很多东西原本就是要在行动中去学习，去见识，

去经历，不是事前可以准备的。整天思前想后，而不敢挪动一下脚步，必将一事无成。

● 只需每天进步一点点

欲速则不达。期待马到成功的想法是不现实的，需要一点点地积累成功的条件，就像烧开水一样，一点点升温，最后你的事业终究会沸腾起来。

美国科罗拉多州琅峰的斜坡上，倒下一棵大树。据博物学家说，这棵巨树的年龄约为 400 岁，枝叶葱茏，参天蔽日。在 400 年的悠长岁月中，遭遇了 14 次雷击、无数次雪崩、无数次狂风暴雨，仍然屹立不动，可是最后却被甲虫吃倒。甲虫成群结队，不停地从树皮蚕食到树心，使这棵尚在盛年的巨木轰然倒下。

闪电不可谓不凶，狂风不可谓不猛，暴雨不可谓不疾，但它们都没有将大树打倒，而大树最终却倒在了小甲虫的嘴里，为什么呢？因为闪电、狂风、暴雨虽威力无边，但它们却缺乏持久性；小甲虫虽小，但它们却能一步一步地干下去，不放弃、不停顿，终成大事。

力量薄弱的小人物，只要能够坚持不懈地向着目标进发，每天进步一点点，一样可以成就大事，完成大人物所不能完成的事。

◯ 把现在当起点，永远不满足已有的成就

日行千里而一劳永逸，不如日行百里而勤力不缀。无论你的起点多么低，只要不停留在今天的成就上，你的人生都将达

到一个常人难以企及的高度。

齐白石本是个木匠，后来靠着自学成为画家，并荣获世界和平奖，然而他始终不满足于已经取得的成就，不断汲取历代名画家之长，改变自己作品的风格。他 60 岁以后的画，明显地不同于 60 岁以前；70 岁以后，他的画风又变了一次；80 岁以后，他的画风再度变化。据说，齐白石一生中，画风至少变了五次！即便他已到 80 高龄，还每日挥毫不辍。有时，来了客人或他身体不适，不能作画，过后他也一定补画。正因为齐白石在成功之后仍然马不停蹄，所以他晚年的作品比早期的作品更为成熟，形成了独特的流派风格。

想取得常人难以企及的成功，你就永远只能将现在当起点，不能因已有的成就志得意满。永远不让"发动机"熄火，在取得一点成就后，提出更高的要求，以更大的热情去获得新的成就，这正是成功的要点。

◯ 从失望中看到希望，一点点扭转不利局面

当制定了行动计划并且迈出了第一步之后，目标就已经开始向我们招手。可是，随之而来的是许多意想不到的困难和障碍。这时，能够成功达成目标的惟一选择是：一步一步地走下去，没有任何借口。

松下幸之助年轻时在一家电灯公司当高级技工，后来他想独立创业，就拿出自己多年积蓄的 100 日元，又邀请几位朋友合伙，凑成 200 日元，在自己家里办起一个生产电灯插座的手工作坊。

几个伙伴埋头苦干，生产出了第一批产品后，却遇到一个很严重的问题：产品卖不出去。赚钱是不用想的，吃饭都

成问题。

那几位伙伴失去了信心，要求退出合作，自谋生路。松下始终没有放弃，他还是天天出去推销那些没人要的产品。

过了几个月，眼看山穷水尽时，松下终于得到一个机会：川北电器公司忽然交给他一个加工 1 000 个电风扇底盘的订单。原来，松下为了推销插座，经常跟一些批发商打交道。他们虽然无意接受松下的产品，但觉得松下为人还不错，有心帮助他，将松下介绍给了川北老板。

松下接到这个订单，真是大喜过望。他将妻子陪嫁的首饰全押进当铺，换得一点购材料的钱，没日没夜苦干，终于如期交货。川北老板很满意，及时付了货款，又交给松下一个加工 5 000 个电扇底盘的新订单。

凭这些小业务，松下终于度过了最艰难的创业期。后来，他对这段创业经历感到非常庆幸，如果当时没有咬牙挺住的话，就没有日后名闻天下的松下电器了。

俗话说：欲速则不达。踏踏实实地做好每一件小事，一点一点地从中吸取有用的经验，积累成功的条件，永远保持乐观的态度，终会达成愿望。

◯ 坚持最后五分钟，角逐最后一公里

有多少奋斗者，付出了艰辛的努力，走完了 99 公里，却在最后 1 公里放弃，留下无尽的遗憾。那些"行百里半九百"者，正是这样跟成功说"拜拜"的！

史蒂芬·金是一位贫穷的工人，很热爱写作，希望成为作家，工作之余总是不停地写，打字机噼啪声不绝于耳。他把节省下来的钱全部用来支付邮费，寄原稿给出版商和经纪人。

但他的作品都被退回了。退稿信很简短，非常公式化，他

甚至不敢确定出版商和经纪人究竟有没有真的看过他的作品。

他终于写出了自己极得意的一个作品，他认为这个作品已把自己的灵感和能力发挥到了极致，而且看过的人都说写得很好。于是，他满怀希望地把原稿寄给了皮尔·汤姆森。几个星期后，他收到汤姆森一封热诚亲切的回信，说原稿的瑕疵太多。不过汤姆森相信他有成为作家的希望，并鼓励他再试试看。

在此后 18 个月里，史蒂芬·金又给编辑寄去了两份稿子，都被退回来了。

他写第四部小说时，由于经济上的左支右绌，他准备放弃了。他把书稿扔进了垃圾桶。

第二天，妻子在垃圾桶中发现了这部稿子，把它捡了回来，并对他说："你不应该半途而废，特别是在你快要成功的时候。"

他看着妻子坚定的目光，又想起皮尔·汤姆森编辑的话，于是他坚定了信心，每天坚持写 1 500 字。

小说写完了以后，他把小说寄给了汤姆森。这次他等到的是汤姆森出版公司预付给他的 2 500 美元。

于是，一部经典恐怖小说——《嘉莉》诞生了。

这本小说后来销了 500 万册，并摄制成电影，成为 1976 年最卖座的电影之一。

当你向目标进发，感到困难重重、难以突破时，要想到，你离目标只有最后一公里，只要不半途而废，再努努力，前面就是一片你渴望已久的胜景。

● 求知做事要有强烈的欲望

天下的事情没有轻轻松松、舒舒服服让你获得的。凡事一定要经过苦心的追求经验，才能真正了解其中的奥秘而有所收获。"

有个年轻人想向苏格拉底学知识。苏格拉底就把他带到一条小河边，"扑通"一声跳进河里去了。这个年轻人不解：难道大师要教我游泳？这时，苏格拉底向年轻人招了招手，示意他下来。年轻人也糊里糊涂地跳下了水。

刚一下水，苏格拉底就把他的头摁到了水里，年轻人本能地挣扎出水面，苏格拉底又一次把他的头摁到了水里，这次用的力气更大。年轻人拼命挣扎，刚一露出水面，又被苏格拉底第三次死死地摁到了水里。这一次，年轻人可顾不了那么多了，拼命挣扎，到了水面后就没命地往岸上跑。但年轻人就是不明白苏格拉底为什么这样做？于是询问苏格拉底。

苏格拉底说："年轻人，如果你真的想跟我学知识，你必须有强烈的求知欲望，就像你有强烈的求生欲望一样。"

◯ 只是尽力还不够，要让自己燃烧起来

一位猎人带着他的猎狗外出打猎。猎人开了一枪，打中了一只野兔的腿。猎人放狗去追。过了很长时间，狗空着嘴回来了。猎人问："兔子呢？"狗"汪汪汪"地叫了几声，主人听懂了，意思是"我已经尽心尽力了，可还是让狡猾的兔子逃脱了。"

那只野兔回到洞穴，家人问它："你伤了一条腿，那条狗又尽心尽力地追，你是怎么跑回来的？"

野兔说："狗是尽心尽力，而我是竭尽全力，几近疯狂了！"

"尽心尽力"和"竭尽全力"，其区别在于，让自己发挥能力和让自己的潜能充分燃烧，它们所散发出来的能量是大不一样的。我们无论做任何事情，尽心尽力，最多比别人干得好一点，却无法从平庸的层次跳出来。只有竭尽全力，发挥出双倍

的能量，才会有优秀的表现。

> 无论我们做什么，还是学什么，只要我们让自己的潜能燃烧起来，疯狂地去做，去学，这个世界上没有什么是你学不会、做不成的。

○ 时时问问自己：你尽最大努力了吗？

1946 年，年轻的吉米·卡特从海军学院毕业后，遇到了当时的海军上将里·科费将军。将军让他随便说几件自认为比较得意的事情。于是，踌躇满志的吉米·卡特得意洋洋地谈起了自己在海军学院毕业时的成绩："在全校 820 名毕业生中，我名列第 58 名。"他满以为将军听了会夸奖他，孰料，里·科费将军不但没有夸奖他，反而问道："你为什么不是第一名？你尽自己最大努力了吗？"这句话使吉米·卡特惊愕不已，很长时间答不上话来。

但他却牢牢地记住了将军这句话，并将它作为座右铭，时时激励和告诫自己要不断进取，尽最大努力做好每一件事情。最后，他以自己坚忍不拔的毅力和永远进取的精神登上了权力顶峰，成为了美国第 39 任总统！卸任后，吉米·卡特在撰写回忆录时，曾将这句话作为标题：《你尽最大努力了吗？》。

在生活中，我们经常听到这样的话："我觉得自己已经尽了最大的努力，可惜结果却很令人失望。"说这话的人，是否真的尽了最大的努力呢？正如台湾大企业家王永庆所说："天下的事情没有轻轻松松、舒舒服服让你获得的。凡事一定要经过苦心地追求经验，才能真正了解其中的奥秘而有所收获。"

俗话说得好：天不负人。不要埋怨生活，不要哀叹命运，你一是要尽最大的努力！

成功的背后总是含着许多努力的故事。你必须逼出自己的全部能量，然后才能心想事成。

● "剑到死都不能离手"

法国哲人伏尔泰告诉我们说："要在这个世界上获得成功，就必须坚持到底；剑到死都不能离手。"

科学家做过一个有趣的实验：他们把跳蚤放在桌子上，一拍桌子，跳蚤立即跳了起来，跳起高度均在其身高的 100 倍以上，堪称世界跳高冠军。

然后，科学家在跳蚤头上罩上一个玻璃罩，再让它跳，这次跳蚤跳得就没那么高了。连续多次后，跳蚤每次跳跃总保持在罩顶以下。接下来科学家逐渐降低玻璃罩高度，跳蚤都在碰壁后主动改变自己的高度。最后，科学家用了一个接近桌面的玻璃罩，这时跳蚤无法再跳起来了，只能是爬行。科学家把玻璃罩打开，再拍桌子，跳蚤不再跳了，只是爬行。

许多人的遭遇同此极似。在遇到过几次挫折之后，便不敢再坚持自己的个性了，奋发向上的热情、欲望被"自我设限"压制封杀，即使胜利伸手可及，也不敢伸出手了。

○ 要有承受一连串失败的心理准备

世界上的事，往往是"屋漏偏逢连夜雨，船破却遇顶头风。"当你遇到一个挫折之后，常常是一个又一个挫折接踵而来。这正是很多人从此颓废不思进取的原因。你想傲然挺立于世间，就要有越挫越奋的勇气。

林肯无疑是美国历史上最伟大的总统之一。他的伟大之处，不是他的功业，更不是他的权力，而是他奋斗不息的精神。

1832 年，林肯失业了。伤心之余，他下决心要当政治家，当州议员。糟糕的是，他竞选也失败了。

接着，林肯又办企业，不到半年企业就倒闭了。在以后的 17 年间，他不得不为偿还企业倒闭时所欠的债务而到处奔波，历经磨难。期间，他的未婚妻去世。

1838 年，林肯决定竞选州议会议长，结果又是失败。

1843 年，他竞选美国国会议员，仍然没有成功。

林肯一次次地尝试，一次次地遭受失败，但是他仍然没有放弃自己的努力。终于在 1846 年，他又一次参加国会议员竞选时，取得了胜利，当选为国会议员。

两年任期很快过去了，他决定争取连任。很遗憾，他落选了。在此后的几年中，他两度尝试又两次失败。

然而，林肯没有服输。1854 年，他竞选参议员，失败了；两年后他竞选副总统提名，又失败了；两年后他再一次竞选参议员，结果还是失败。

屡战屡败，屡败屡战，林肯一直没有放弃自己的追求，他一直向着自己的目标前进。

1860 年，越挫越奋的林肯终于当选为美国总统。

林肯一生中遭遇的失败，可能连他自己都数不清了，但他没有退却、没有逃跑，他坚持着、奋斗着，终于迎来了成功的喜悦。

成就非凡的人士，从挫折中看到的不是命运，而是自己的不足。他们从每一次挫折中得到的是一个努力方向，然后通过努力，一点一点地积累成功的资本。这正是他们卓尔不凡的原因。

如有可能，再坚持一下

世界上最令人遗憾的事儿，莫过于功亏一篑。孔明六出祁山无功而返，诗圣杜甫一句"出师未捷身先死，长使英雄泪满襟"，道尽了孔明心中的无限遗憾。

孔明坚持到了他不能再坚持的地步，可谓无奈。但是，很多时候我们却是主动向困难投降，甘心与成功说拜拜。

我们通常并不缺少坚持下去的能力，而是缺少坚持下去的信心和耐心，这就可能使我们遭遇令人扼腕叹息的事情。若能坚持一下，结果就大不一样。

第二次世界大战时，有艘船被炮弹击中沉没，全船只有一个人活着漂到孤岛。他克制住了原先生活中的种种欲望与冲动，终于在荒凉的孤岛上生存下来。

他天天站在岸边大摇白旗，希望有人来救他。有一天，他千辛万苦搭盖的茅屋，突然起火燃烧，而且一发不可收拾，把他所有的家当都烧光了。

他伤心之余，埋怨上帝："我惟一的栖身之处，我仅有的一点生活用品，都化为灰烬，上帝啊，你为何非让我走上绝路？"他万念俱灰地从孤岛的小山崖上跳入海中。

他死后不久，有人驾着船来到孤岛上。原来，他们看见岛上有火光，所以过来看看是否有人落难了。

这个人的悲剧在于，他把上帝拯救他的信号，误解为毁灭他的征兆，走上了自我毁灭之路。难道我们不是在生活中也经常产生这种错觉吗？

> 胜利往往产生于再坚持一下的努力。当成功离我们只有一步之遥时，放弃者就是失败者，而坚持下来的人就是成功者。

捅破成功的窗户纸

集中精力干好一件事情

美国钢铁大王卡耐基曾提出这样的忠告："把你所有的鸡蛋放在一个篮子里，然后看住这个篮子，不要让任何一个蛋掉出来。"这句话告诉我们，必须根据自己的情况，认真确定目标，然后坚持不懈，把精力和资源完全集中于所干的事，直至成功。

姜伟的成功，就在于他集中精力做好一件事。读大学时，他曾从报上读到一则消息：到20世纪末，全世界60岁以上的老人将达数亿之多，老人的保健问题将成为人类历史上前所未有的大问题，国外医学界都已将此列入重大课题研究项目。

就在读到这条消息的一霎那，姜伟的脑子里突然闪现出一个念头：应该把中药学与现代高科技相结合，研制出能解决老年人保健问题的新药。从此，他就把延缓人体衰老作为自己一项医学研究目标。他开始有意识地研读有关方面的医学著作及各种杂志，特别是对中国古代有关延寿健身方面的典籍进行了深入研究。姜伟毕业后，放弃了留校当老师的机会，带着他的课题走进了辽宁中药研究院。然而，这里并不能继续他的抗衰老课题，失望之余，他毅然辞掉公职，继续投入地研究抗衰老保健品。

功夫不负有心人，经过两年多的不懈努力，姜伟的"延生护宝液"终于获得成功。这项新产品几乎是在一夜之间，响遍大江南北，成为知名品牌。

姜伟曾撰文回答青年朋友们关于他本人事业成功的奥秘问题，他的答案只有四个字：执着是金。

◯ 不达目的，绝不罢休

在实现目标的过程中，需要克服两种障碍：一是事情本身的难度；一是他人的偏见和异议。当遇到障碍时，你不妨想一想：正因为事情很难，才有努力的价值，你不大可能在人人都会做的事情上获得出色的成就；正因为大家反对，才值得你努力争取，你不大可能在人人认可的事情上有出众的表现。

第二次世界大战时期，美国有位海军上尉史密斯，他发现他的队长用来打靶的新方法很好。他想，如果用这种方法训练炮手，一定能收到极好的效果。于是，他写了一封信给他的上司，但他的上司对这个意见毫无兴趣。他没有退却，继续向上申请，直至海军部长，结果还是碰壁。

最后，他索性直接写信给老罗斯福总统。这样做是冒着危险的，因为依当时的军法，他犯下了严重的藐视上级罪。

这位上尉冒死进谏，终于得到了一个满意的答复，罗斯福总统郑重地同意考虑这个意见，要当场试验他的意见对不对。

他们在某处圈定了一个目标，先令军舰上的炮手用老式开炮法打靶，结果白白浪费了五个钟头的时间和大批炮弹，而采用新方法却收到了良好的效果。罗斯福总统对他大加赞赏。

人生需要坚持，需要不达目的不罢休。

◯ "Never give up（永不放弃）!"

丘吉尔一生中最精彩的演讲是在剑桥大学的一次毕业典

礼上，整个会场有上百万名学生。丘吉尔在随从陪同下走进礼堂，他脱下大衣交给随从，然后摘下帽子，慢慢走上讲台，默默地注视着所有的听众。过了一分钟，丘吉尔说了一句话："Never give up（永不放弃）！"丘吉尔说完后走下讲台，穿上大衣，带上帽子，离开了会场。此时整个会场鸦雀无声，一分钟后，掌声雷动。在场学生为丘吉尔的"永不放弃"而振奋，英国人也在丘吉尔"永不放弃"的信念下，战胜了法西斯，走出了困境，获得了最后的胜利。

"永不放弃"是一种信念，一种希望，它能给人战胜困难、获得胜利的力量。

法国哲人伏尔泰说过："要在这个世界上获得成功，就必须坚持到底；剑到死都不能离手。"

"剑到死都不能离手"，这正是我们能够傲然挺立于这个世界上的主要原因。

借实力是借出来的

"得人之力者无敌于天下也；得人之智者无畏于圣人也。"天才也有力所不能及之事，圣人也有智所不能达之所，若能得人之智、用人之力，则无谋不可就，无事不可成。天下万物皆备于我，一个人是否有实力不要紧，只要他善借外界之力以扩充自己的大脑，延伸自己的手脚，哪怕从零起步，他的人生也必可达到常人难以想像的高度。

3

● 好学问不如好人缘

做事先做人，既要讲究游戏规则，更要讲世故人情。一味讲规则，板起面孔公事公办；或者一味讲利害，扳起指头精打细算，一定做不好人，办不好事。

美国哈佛大学教授团曾于 1924 年在芝加哥某厂做"如何提高生产率"的实验。他们发现，人际关系是提高生产率的关键所在，"人际关系"一词由此而生。后来，人们进一步发现，事业成功、家庭幸福、生活快乐都与人际关系密切相关。影响人生成功的因素中，专业技能仅占 15%，人际沟通能力要占 85%。因此，我们说"好学问不如好人缘"，绝非夸大其词。

◯ 人缘越好越受重视

好人缘是借力的关键。一个人素质再高，如果他只是将本身的能量发挥出来，不过能比常人表现得好一点而已；如果他能集合众人的能量，就可能获得超凡的成就。要想借人之力，这就要有好人缘。

正因为如此，有好人缘者在社会上越来越受重视。许多公司在招聘高级管理者时，要考查他的人际关系，没有好的人缘，能力再强，不能录用。如在人际关系上有超群的能力，有非常好的人缘，其他条件都可放宽。

莫洛是美国摩根银行的股东兼总经理，年薪高达 100 万美元。其实他以前不过是一个法院的书记，后来做了一家公司的经理。他实在是人际关系的天才，人缘极佳。他之所以能被摩根银行的董事们相中，登上摩根银行总经理的宝座，一跃成为全国商业巨子，据说是因为摩根银行的董事们看中了他在企业界的盛名和极佳的人缘。好人缘给莫洛带来的是地位和事业的成功，给公司带来的是良好的经营业绩。

> 现代社会发展如此之快，活到老、学到老也有学不完的东西，要想多做事而且做成事，必须借他人之力。如何才能获得别人的帮助，最基本的条件就是良好的人际关系——好人缘。

◯ 好人缘是竞争获胜的法宝

好学问不如好人缘，这是世界成功人士的共识。

著名青年企业家王英俊说，在商场中，你不想在竞争中垮掉，就必须懂得广交朋友，善于用"情"。

王英俊很注意人情的投资。一次，王英俊接待一位从西德来的客人，下飞机时恰逢大雨，那位客人浑身都湿透了。王英俊一见，立刻让人把客人的衣服拿去，弄干、烫平，十分钟内送还。后来王英俊与这位客人的生意谈得非常顺利。

王英俊还特别注重私人友谊的维护，他常常做一些超越公务关系、表示私人友谊的举动。日本企业家竹下登一次对王英俊说，最近一个时期太紧张，突然脱发。王英俊回国后，立即买了20瓶毛发再生精送给竹下登。他还曾送给另一位日本企业家一件中国瓷雕，在一只瓷盒上刻上了这位企业家的照片。这些礼物王英俊称之为"动脑筋的礼物"。

有人说：人生如战场。但人生毕竟不是战场，无论在商场还是在职场，用心、用情比斗智、斗勇更有效。

● 做事业要借人之力

想成就大事的人，最重要的一件事是借助他人之力，扩充自己的大脑，延伸自己的手脚。如果他把借力这件事做好了，哪怕从零起步，他的人生也必可达到常人难以企及的高度。

一个人即使是天才，也不可能样样精通，这就意味着每个人都有自己不能完成之事。但是，天下什么样的人才都有，所有你自己不能完成之事，总有人能够完成。所以，如果你善于借人之力，就是超人，没有什么是你不能完成的，自可无敌于天下。

一个人即使是圣人，也不可能样样都懂。这就意味着每个人都有智力所不能达到的地方。但是，任何你不知道的事情，总有人知道，如果你善于借人之智，即可比圣人高出不止一筹。

◯ 借人之力可搭起通天之梯

对任何人来说，要做成一份大事业，单凭一己的能力与智慧总是不够，若能懂得借力而行借智而谋，则无事不可成。

刘备原本是一个编席卖鞋的小贩，靠的就是借人之力而三分天下的。他先是投靠军阀，后又桃园三结义。但他最大的成功是起用了诸葛亮。号称"卧龙"的诸葛亮是荆襄一带的士族首领，具有相当号召力。得到诸葛亮，等于得到一大批文臣武将，刘备的实力因而大增。在这些高级人才的帮助下，他才确立了自己的战略方针，继而一步步走向胜利，最后终于在大西南建立了自己的国家。

通常来说，聘请人比较容易，让人竭尽全力发挥出能量却不容易，这需要很高的领导艺术。首先要敢于信任人，把责权大胆交给那些值得信赖的人，给他们充分施展才华的空间；其次，要对他们做出的业绩给予公平的评价，并支付合理的报酬。这是用人的两个基本原则。

◯ 借人之智可筑起事业之基

通用汽车总经理斯隆曾说："把我的财产拿走，但只要把我的人才留下，五年以后，我将使被拿走的东西失而复得。"这句话极其深刻地表明了借用他人之力的重要性。一个人是否有实力不要紧，只要他善于用人，照样能干成一番大事业。

理查德·西尔斯刚创办邮购公司时，由于资本太少，只能提供有限的几种商品，他做了五年，生意仍无起色，每年只能做三四万美元的业务。他想，必须与人合作，借助他人的力量，才能把生意做大。

不久西尔斯就找到了一个理想的合伙人罗拜克，他们合作成立了一家以他们两人的名字命名的公司，即西尔斯·罗拜克公司。西尔斯有五年经验，罗拜克实力雄厚，两人联手，可谓相得益彰。合作第一年，公司的营业额达到40万美元，比西尔斯单干时增长了十倍。

西尔斯和罗拜克都不懂经营管理，做点小生意还能凑合，生意大了就招架不住，两人都有了力不从心的感觉。他们决定寻找一个总经理，帮助他们进行管理。最后，他们选中了在经营管理方面很有一套的陆华德。

陆华德果然不负重托，兢兢业业地为公司效劳。他发现，做邮购业务与传统生意不同，一旦顾客对购买的商品不满意，调换很困难，如果不解决这个问题，很多顾客就会放弃邮购这种方式，公司的发展将受到很大阻碍。为此，陆华德严把进货质量关，绝不让劣质品混进公司的仓库，以保证卖给顾客的每一件商品都"货真价实"。

陆华德刻意追求质量的经营策略，使西尔斯·罗拜克公司因此声誉日隆。十年之中，它的营业额增长了600多倍。目前，该公司已是世界最大的邮购公司，年营业额高达数百亿美元。

　　找到一个值得信赖的人，然后授予全权，这正是用人的惟一诀窍。

○ 借人之名可架起心灵之桥

无论一个人，还是一家公司，有没有名气，得到成功的机会是不一样的。

我们都知道，要做名气是一件很辛苦的工作，而且是一件旷日持久的工作。要想迅速获得名气，借人之名无疑是一条捷径。

健力宝公司在这方面建树独特。

众所周知，可口可乐与百事可乐是世界两大王牌饮料，在美国占据了绝大多数市场，其他品牌的饮料想在美国占得一席之地绝非易事。健力宝公司的决策层深知这一点，当他们1992年计划大举挺进美国市场时，决定先打名气牌。

那时，美国的总统大选正进行得如火如荼，健力宝公司的有关人员根据民意调查，预计克林顿最有可能当选。他们还打听到，10月1日，由克林顿夫人和戈尔夫人主持的克林顿助选大会将在纽约湾的一条豪华游船上举行，他们决定借此做一些文章。

这天6点30分，克林顿夫人和戈尔夫人在大批保安人员的簇拥下登上了游艇。当她俩与站在纽约市政府代表旁边的"健力宝"公司代表握手时，健力宝美国有限公司的小姐不失时机地用托盘捧上几罐健力宝。纽约市政府的美国朋友向两位夫人介绍健力宝是中国著名的健康饮品，健力宝美国分公司总经理林齐曙及时向两位夫人敬上一杯。就在两位夫人笑盈盈地举杯饮用健力宝的时候，早已守候多时的摄影师急忙频频按下了快门。就这样，留下了两位夫人畅饮健力宝的珍贵照片。

1992年12月20日，克林顿正式宣誓就任总统。就在这天，著名的《纽约时报》刊出了总统夫人与副总统夫人开怀畅饮的照片，在美国引起一片惊讶和艳羡声，取得了轰动性的宣传效果。健力宝公司在这种氛围里举起大旗，向美国市场进军，第一批50万箱健力宝于1993年开始远涉重洋，很快销售一空。自此，健力宝在美国市场上站稳了脚跟。

对那些没有实力的普通人来说，借人之名显然不是一件容易事，但并非毫无办法。比如，借老板之名可提升自己在同仁心目中的分量；借政府领导之名，可提升公司在当地的影响力……凡此种种，无不是借名之法。这虽然有"拉大旗做虎皮"之嫌，但总比披着一张羊皮被狼吃掉要好得多。

● 看人总要往好处看

天下没有无用之人，也没有完人。你把注意力集中在人的缺点上，则世无可用之人；把注意力集中在人的优点上，缺点就不那么重要了。然后用其所长，则世无不可用之人。

一家人有五个儿子，但是五个儿子"各有千秋"：长子质朴，次子聪明，三子目盲，四子驼背，五子跛脚。如果按照常理看，这家人的日子会过得相当困难。可出人意料的是，这家人的日子却过得挺顺当。好奇的人一打听，才知道那人对五个儿子各有安排：他让质朴的老大务农，让聪明的老二经商，老三目盲，正好可以按摩，背驼的老四可以搓绳，跛足的老五便成了守家纺线的好手。这一家人各展其长，各尽其长，日子过得能不顺当吗？

○ 看人不要戴有色眼镜，一技之长也可用

假如你看人能够避免情绪作用，冷静地发现别人身上的长处，并有效使用，即使"鸡鸣狗盗之徒"也有一定的长处。

春秋时期，齐国孟尝君好招揽人才，座下有门客三千。一次，有两个人前来投靠，一个身材小巧，能钻狗洞，另一个会学鸡叫，除此之外，他们别无所长，孟尝君还是把他们留了下来。许多门客不服气，认为这两个人没什么用，哪有资格与他们为伍？但孟尝君劝他们说，世无不可用之人，有一技之长就是人才，不可轻视。

过不久，孟尝君奉命出使秦国。秦昭王想让孟尝君留下来做相国。有人劝秦昭王说："孟尝君很有本事，又和齐王是本家，如果在秦国做了相国，他一定先替齐国打算而后才为秦国谋利，那么秦国就危险了。"

于是，秦昭王就不让孟尝君当相国了，而且把他关起来，想把他杀掉。孟尝君派人求秦昭王的一个宠姬帮忙说情。这个宠姬说："我想要孟尝君的白狐狸皮裘。"

孟尝君这件皮裘，天下无双，但他到秦国后，已献给了秦昭王。孟尝君很发愁，问遍门客，谁也想不出对策。

这时，那个会钻狗洞的门客说："我能弄来白狐裘。"他在夜里装成一条狗，进入秦王宫中储藏东西的地方偷出了那件皮衣。宠姬得到皮裘后，替孟尝君向秦昭王讲情，秦昭王就把孟尝君放了。

孟尝君获得行动自由以后，换了证件，改了姓名，混出咸阳，连夜逃往齐国。秦昭王放了孟尝君以后又后悔了，于是派人驾车追赶。

半夜时分，孟尝君来到函谷关下，却出不了关。因为秦国有一条规定：鸡鸣以后才准放人通行。这时，那个会学鸡叫的门客捏起嗓子，学着公鸡打鸣的声音，十分逼真，引得附近的公鸡也鸣叫起来。守关的人听到鸡叫，就开关放人通行，孟尝君得以顺利脱逃。

孟尝君在秦国遭难时，那么多才子贤士都束手无策，全凭那两个只会一点雕虫小技的人才得以脱险，由此可见用人之道，确有奥妙，不可以常理度之。

◯ 将注意力集中在优点上，绝勿放大一个人缺点

古有明训：人无完人。看人总要往好处看，对人性才有信心，才敢把事情放心交托给别人。如果总是盯着别人的缺点，看不到他的长处，也许会把一匹千里马当成了一匹跛脚驴子。只有透过缺点看优点，才能找到真正的千里马。

特朗普出生豪富之家，在沃顿金融学院读书时，他在某地发现一个公寓村，共有 800 套住房闲置。于是，他建议父亲将这个公寓村全部买下来，交给他经营。由于他还要读书，就聘请一个名叫欧文的人当经理，代他管理物业。欧文颇有治事之能，很快使公寓村的各项工作走上正轨，几乎不用特普朗操心。

但是，欧文有一个令人讨厌的毛病——偷窃。仅一年时间，他偷窃的公物即高达五万多美元。

特朗普发现欧文这种毛病后，从心情上来说，他恨不得让这个家伙立即滚蛋。但是，从理智出发，他觉得还需要慎重。一方面，他一时找不到一个合适的人接替欧文的职位；另一方面，他认为公司不仅是一个赢利的地方，也是培训人才的地方，对一个有毛病的人，不加教育就推出去，是不负责任的态度。

最后，特朗普决定给欧文一个改过自新的机会。他将欧文找来，给他加了工资，并指出他的毛病，建议他以后一定要检点自己的行为。欧文既羞愧又感激。自此，他改掉了恶习，兢兢业业地工作。

在用人时，因为一个人的缺点而抛弃这个人，是最省事的做法，却不是最好的做法。正如松下幸

之助所说："你想全用好人为你工作是不可能的。与其精挑细选，不如大胆用人。"

○ 从需要出发，对人不要抱成见

什么是好？什么是坏？什么是优点？什么是缺点？对这些问题，每个人都会有一些答案，但未必是"正确答案"，其中不少只是个人偏见。因为好与坏、优点或缺点，并无一定，一旦形成了定见，在处理事务时必然会缺少变通。

就用人来说，目的是为了做大事业，理当从需要出发，从观念上打破条条框框的束缚。所以，干大事的人不执着于好坏长短，在看人时多考虑优点，在用人时多考虑有利无利，所以他们有大胆用人的底气。

有一位厂长可谓用人高手，他不仅能够用人所长，还善于将短变长，用人所短。比如安排遇事爱钻牛角尖者去当质量检查员，让处理问题头脑太呆板者去当考勤员，让脾气太犟、争强好胜者去当攻坚突击队长，让办事婆婆妈妈者去抓劳保，让喜爱聊天、能言善辩者去搞公关接待。这样一来，厂里一切便都秩序井然，效益时时见好。

在平常人看来，短就是短；在有见识的人看来，短也是长。古语说："尺有所短，寸有所长，不知人长中之短，不知人短中之长，则不可以用人"。这种观人的智慧充满了辩证法，以此用人，则大才、小才、奇才、怪才、庸才以及不才都能被我所用，那么，身边必然是人才济济，到处都充满生机。

找个"贵人"当台阶

世上没有攻不破的堡垒，更没有打不开的门。你求贵人相助而不得，肯定是没有找到开门的钥匙。只要钥匙在手，一切问题便迎刃而解了。

有一份调查表明，凡是做到中高级以上的主管，有 90% 都受过栽培；至于做到总经理的，有 80% 遇过贵人；自己创业当老板的，100% 受过别人的帮助，而且不只是一个人的帮助。我们还发现，在名人的成功过程中，总有一些至关重要的人物在其中发挥着巨大的作用。善于接受别人的帮助，是他们把握历史性机遇的关键性一步，也是他们最终成名的要素之一。

借"贵人"之力要讲手段

"贵人相助"固然是有事半功倍的作用，但是，你希望别人帮忙，别人却不见得愿意帮忙。在这种情况下，你不能依赖别人大发善心，还要靠自己的手腕、胆力。

清政府的官场中历来盛行找后台、走后门、求人写推荐信。军机大臣左宗棠从来不给人写推荐信，他说："只要有本事，自有识货人。"

左宗棠有个知己好友的儿子，名叫黄兰阶，跑到北京来找左宗棠写推荐信。左宗棠见了故人之子，十分客气，但当黄兰阶提出想让他写推荐信给福建总督时，立刻就变了脸，几句话就将黄兰阶打发走了。

黄兰阶心中郁闷，闲踱到琉璃厂看书画散心。忽然，他见到一个小店老板学写左宗棠字体，十分逼真，心中一动，想出一条妙计。他让店主写柄扇子，落了款，得意洋洋地摇着回到了福州。

这天，是参见总督的日子。黄兰阶手摇纸扇，径直走到总督堂上。总督见了很奇怪，问："外面很热吗？都立秋了，老兄还拿扇子摇个不停。"

黄兰阶把扇子一晃："不瞒大帅说，外边天气并不太热，只是这柄扇子是我此次进京，寻访家父故人，左大人亲送的，所以舍不得放手。"

总督吃了一惊，心想："我以为这姓黄的没有后台，不想他却有左相这么大后台。左宗棠天天跟皇上见面，他若恨我，只消在皇上面前说个一句半句，我就吃不消了！"

总督要过黄兰阶的扇子仔细察看，确系左宗棠笔迹。他将扇子还与黄兰阶，第二天就给黄兰阶挂牌任了知县。

黄兰阶不几年就升到四品道台。总督一次进京，见了左宗棠，讨好地说："宗棠大人故友之子黄兰阶，如今在敝省当了道台了。"

左宗棠笑道："是嘛！那次他来找我，我就对他说：'只要有本事，自有识货人。'老兄就很识人才嘛！"

如此，总督更加相信左宗棠就是黄兰阶的后台，日后更提拔他当了道台。

在现实生活中，要想找贵人帮助，首先，你得知道谁是你的贵人；第二，你必须了解你的贵人，让他愿意帮助你；第三，你最好争取多位贵人的提拔，这样可产生乘方的效果。

抓住说服贵人帮忙的要点

世上没有攻不破的堡垒，更没有打不开的门。你求贵人相助而不得，肯定是没有找到开门的钥匙。只要钥匙在手，一切问题便迎刃而解了。

清光绪某年，镇江知府大人欲为其母做 80 大寿，消息传到周炳记木号，周老板愁眉顿开，高兴万分。周老板为何高兴？原来那时镇江木号的木材，大部堆在江里。为此，清政府每年要索纳几千两银子的税贴。木号的老板们为了放宽税贴，只好向知府大人送礼献媚。可这位知府自称清正廉明，所赠礼品均拒之门外。

周老板知道知府大人是位孝子，对老夫人的话是百依百顺。只要打动了这位老夫人，也就等于说服了知府大人。

周老板派人打听老夫人喜欢什么，得知她最喜欢花。可眼下初入寒冬，哪来的鲜花呢？周老板灵机一动，有了办法。

老夫人做寿这天，周老板带着太太一行早早来到知府大人的后衙。周太太一下轿，丫环们就用绿色的绸缎从大门口一直铺到后厅，周太太在绫缎上款款而行，每一步就留下一朵梅花印，朵朵梅花一直"开"到老夫人的面前，祝老夫人"寿比南山，福如东海"。老夫人听了笑眯眯的，忙请他们入席。

宴席期间，上了 24 道菜，周太太也换了 24 套衣服，每套衣服都绣着一种花，什么牡丹、桂花、荷花、杏花……看得老夫人眼花缭乱，眉开眼笑。直到席终，周太太才说请知府大人高抬贵手，放宽木行税贴。老夫人正在兴头上，忙叫儿子过来，吩咐放宽周炳记木号的税贴。老母开了金口，孝子只得点头答应。

从此，周太太成了知府家中的常客，每次来都借"花"献"佛"。那孝顺的知府大人也因母命难违，也就对周老板另眼相看了。

有些人并不是心甘情愿地为你做贵人的，这就要想办法，让他行也得行，不行也得行。

当然，这种逼人上轿的办法，只能是不得已而为之，并非最善之策。如能在满足对方需求的前提下，让对方自愿效劳，是为上策。

抓住机会，顺便"借光"

直接请求贵人帮忙，如果未蒙应允，于事无益，心中反而留下芥蒂。不妨利用机会，请第三者帮忙说合，一来成功的机会更大，二来也可以避免下不来台的尴尬。

蒋介石去世那年，蒋纬国的军衔是中将，这已是他当上中将的第14个年头。根据国民党的规定，当了14年中将若还未晋升为上将，则应强制退役，军衔也随之取消，上将则是终身制。时任总统的蒋经国并不打算给蒋纬国晋衔，为此蒋纬国不得不另想办法。

蒋介石的丧事结束，宋美龄准备赴美国定居。临动身那天，蒋氏兄弟前往送行。蒋纬国特地提早赶到官邸，他一改往日穿西装的习惯，穿了一套军服，还配戴了全套勋章勋标，一进门就向宋美龄行军礼。宋美龄对蒋纬国的举动觉得奇怪。

蒋纬国一本正经地解释道："再过不久，我就没有资格再穿军装了，今天给妈妈送行，特地让妈妈看看我穿军装的模样。"宋美龄追问道："为什么？"蒋纬国就简单地说了一下军中强制限龄退役以及上将终身制的制度。

这时，蒋经国也到了。蒋纬国一见他，也站起来行了个军礼。蒋经国皱皱眉头道："在家里干什么来这一套？"蒋纬国还未回答，宋美龄已经开腔了："纬国做军人还可以吗？"

蒋经国不知前面已有文章，随口说："他本来就是军人，干得很出色呀！"宋美龄问道："既然他干军人很出色，为什么要办退役手续？"蒋经国这才知道是为这门子事儿。就这样，蒋纬国总算升为了上将。

蒋纬国升为上将所借之"光"有直接的，比如他的身世，也有间接的，如他的口才、衣服，等等。一个人可借光的来源不一定是直射的，有些"光"虽不那么醒目，却也仍具威力，不可小瞧。

模仿是高级借力之法

> 成功者穷多年之功，历经无数次曲折、失败，才找出一套特别之道。你如果也想达到目标，就不必再按照他们的曲折路线行进，只要走他们的现行之道，借助他们现成的经验，便可以取得不俗的成就。

生活中我们常有这样的经验：按照菜谱介绍的方法炒菜，味道总是比自己做的好；同一名瘦子一起吃饭，看他吃什么，你就也吃什么，结果不出一个月便减去两斤肥油。这种照样学样地向成功者学习的方法，也被称之为模仿。这是通往成功的捷径，也是改变命运的关键。

日本人的成功秘籍

当今世界上，最成功的模仿者应该首推日本。翻开 20 年前日本的工业历史，你会发现，很少有重大的新产品或尖端的科技发源于日本。日本人只不过剽窃了美国的点子和商品，加以巧妙的模仿，保留精华，改进不足，结果就制造出了比美国产品更好、更便宜的产品，并且大量抢占世界市场。

一个日本人想了解美国竞争对手的情况，他只身来到美国，并观察这个企业的情况。一天，美国公司的总经理乘车外出，在门口把日本人的腿撞断。总经理非常内疚，想用钱补偿。日本人说，他没有工作，希望能在公司里做事。总经理一口答应下来。于是，这个日本人进入竞争对手的公司卧底，并学到了他想要的东西。一年后，日本人突然消失，美国的技术出现在日本。

多年前，英国的纺织业占据了世界的绝对霸主地位，日本人想学习英国的技术，却不得其门而入。后来，他们想出了一个妙招，在一家英国大型纺织厂门口开了一家餐馆，以亏本的价钱出售食物。这一来，纺织厂的高级主管们天天来进餐，一来二去就混熟了。一年后，日本人哭丧着脸告诉纺织厂的主管们，因为餐馆经营不善，即将破产，他们想回国，可惜路费没有着落。很自然地，他们被介绍到这家纺织厂打工，赚取回家的路费。一年后，这些日本人回国了，也带走了技术。从此，英国人垄断纺织业的局面被打破了。

○ 有麦当劳的地方定有肯德基

有一个很有意思的现象：有麦当劳的地方，不远处定会有肯德基的门店，至于说谁模仿谁我们无从考证，但两家都做得很成功，这是显而易见的。

模仿无处不在。孩子是怎么学会说话的？学生是怎样青出于蓝的？一个有抱负的商人又是怎么成立公司？全是模仿出来的。在模仿的基础上加一些自己的创意，你就能做得比那些成功者更好。

现代社会有个通性，就是在甲地可行的，往往在乙地也能适用。所以商场中很多人就是通过模仿方式赚大钱。如果有人在北京开了一家生意兴隆的巧克力糕饼店，在上海也会出现相同的店；如果有人在哈尔滨专门经营一家奇装异服店，很有可能在大连也会有相同的服装店出现。所以有很多人事业成功，就是在市场尚未饱和之前，把甲地成功的做法，依样画葫芦地搬到乙地去，就这么简单地成功了。

> 在我们没实力去做创新时，不妨把别人成功的经验借来一用，可以收到事半功倍的效果。

○ 模仿不是"东施效颦"

模仿绝不是盲目照搬，要学习别人的长处、经验，再根据自己的实际情况应用，才能取得良好的效果。千万不能像那个到邯郸学步的燕国人，非但没有学会邯郸人的优美步姿，还把自己原有的走步技巧给忘了，结果只好爬着回去。

有位药厂的老总，产品刚刚投放市场，看到别的厂家请医生开专家会、产品论证会，会议开过之后，药品的销量大增，于是他也投入上百万元大开专家会、产品论证会，会议开得很成功，可产品销量就是上不去。老总不解，找营销专家咨询，专家问，你所请的医生所在医院的药房里都有你的产品吗？老总说，"产品刚上市，货还没铺全，大部分医院都没有货。"专家告诉他，同样是开会，人家是在产品铺进医院后才找相关医院的医生开会，所以会后销量会增加。你的产品刚上市，医院药房都还没货，会开得再好，又有什么用呢？

> 效仿成功者，应该考虑自己的实际状况。"东施效颦"之所以被人嘲笑，就是因为她没有分析自身特点，模仿错了对象，如果她学习无盐、嫫母，说不定可以成为一个令后世称奇的聪明人物呢！

● "万物皆备于我"

> 许多人觉得竞争残酷、生存不易，主要是因为他们的眼光只盯在那些别人已经得到的东西上。假如转换思路，将注意力转到那些尚未为人留意的闲置物上，你就能轻轻松松获得你想要的一切。

在现代社会，没有什么东西不可借：借别人的鸡，生的蛋归自己；借别人的肚子，生的孩归自己；借别人的厂房，生产的商品归自己；借别人的钱，赚的钱归自己……什么都可借来归自己所用，就看你有没有借的头脑和运作手腕。

○ 嘉年华借鸡生蛋的全新理念

嘉年华游乐场在中国举办的游乐会，每年在中国至少拿走两亿元人民币。它的过人之处在于：没有一样东西是嘉年华自己的。场地是租中国的，工作人员是当地雇佣的临时工，游乐设备是从世界各地游乐场租来的，除了挣的钱之外，什么都不是嘉年华的。所以嘉年华游乐场没有淡季，淡季来临时，他将场地退掉，到别的国家去开园；嘉年华的游乐设备永远是新的，而且不用花一分钱的设备维修保养费，因为嘉年华只租性能良好的设备，设备出问题，责任由出租方来承担；嘉年华不用给员工支付养老、保险等费用，因为这些人都是临时的。

> 这是一种全新的经营理念，很多人想做事，不是苦于资金不足，就是苦于无场地，等到万事俱备

了却已错过了最好的时机。而嘉年华什么也不会错过，只凭一个理念和一些启动资金，就能做成令人眼红的大生意。

◯ 耐克公司的老经验

耐克公司在美国是一家没有厂房、没有工人的公司，在美国没有一家工厂为耐克公司生产鞋。那么遍布全球的"耐克"鞋是从哪里来的呢？耐克的所有产品都是借来的鸡生出的蛋，其优势明显高于养鸡产蛋。

世界市场竞争非常激烈，许多国家为保护、发展本国的弱小产业，都采取了高关税的壁垒。"耐克"鞋本身就是一种比较高档的消费品，价格本身就很高，如果再加上由进出口所产生的高额关税，发展中国家和不发达国家的广大消费者根本消费不起如此昂贵的产品，"耐克"也会因此失掉大部分市场。"耐克"公司采用借鸡生蛋法，圆满地解决了这个问题。

1981 年 10 月，耐克公司和日本岩井公司的联营公司——耐克日本公司正式成立。耐克公司控制了这家公司 50% 的股权，并把日本橡胶公司原有的产品配销权转发到新公司名下。同时又和日本橡胶公司联合，用耐克公司的技术，用日本橡胶本公司的人力、物力进行耐克鞋的生产，产品交耐克公司销售。这样耐克公司不但很快就打入日本市场，而且还绕过了重重关税。

更值得称道的是，日本的劳动力比美国便宜得多，因而耐克产品的生产成本大大降低，在产品售出价格上可以做到让大部分人接受，加上耐克产品少有的新颖设计、优良的质量，很快成为日本喜爱运动人士狂热追求的目标。

占领日本市场之后，耐克公司又与台湾、韩国等多个国家和地区签订了合作生产协议。借来的鸡不但为耐克生出了蛋，还生出了蜚声世界的"金蛋"，其手段之高明，实在令人折服。

○ 买我的"饲料"，喂我的鸽子

世上可借之物极多，只要你能想出借的门道，自有取之不尽的获利机会。当然，这需要你拥有一颗创新的头脑。

有一个年轻人，最大的嗜好就是养鸽子。随着鸽群的壮大，他经济状况越来越拮据。

有一天，在离家不远的街心公园里的几只小鸟触动了他的灵感。那几只小鸟习惯了人来人往的都市，能够灵巧地接住过往行人丢来的食物，闲来无事，人们都愿意到那里去坐坐，喂喂鸟。于是，年轻人想到了自己的鸽子……

一个假日，他带着他的鸽子来到街心公园。果然，鸽子吸引了好多游人，他们纷纷将玉米抛给鸽子，又逗又玩，这样，年轻人省下了一笔喂鸽的开销。年轻人并没有因此而满足，他辞掉了工作，专门在公园内放鸽子，同时出售喂鸽子的饲料，这样一来他的收入居然超过了原来的收入，公园也因此出了一个新景观，吸引了更多的游人。

世界之大，人人都可以有自己的生存空间。但许多人都感慨生存压力太大，前途渺茫，主要是因为他们循规蹈距地遵循多数人的生存方式。假如开拓思路，另辟他径，定能闯出另一片自己的天空。

● 设法从对手那里借到好处

> 在经济全球化时代，我们越来越依赖对手的存在而存在。所以，我们不要总是想着如何将坏结果强加给对手，更要考虑如何从对手那里得到好处。

在很多人的观念中，存在着一种观念：只有打败对手，自己才有获胜的希望。事实上并非如此。我们跟对手既是竞争关系，又是相互依存的关系。好比在森林中，树木相互争夺阳光、养料和水分，是竞争关系，但它们也互相提供协助。假如某棵树打败所有对手成为孤零零的一棵参天大树，它要么会被大风吹折，要么会被雷电击毁，总之无法独自生存。

○ 合作式竞争比互损性竞争更聪明

在商场中，有一种极高明的合作方式：竞争式合作。双方看似水火不相容，竭尽全力火并，目的却不是斗垮对方，而是相互激发，相互利用，以便共同做大市场，进而达到共同占领市场的目的。

台湾统一集团和顶新集团的方便面大战，便是合作式竞争的典范。

20 世纪 90 年代，台湾顶新集团瞅准大陆方便面市场群龙无首的空档，强力推出一种价廉物美、汤料香浓的方便面——"康师傅"。在大规模的广告轰炸下，"康师傅"很快就变成一种家喻户晓的名牌产品。

这时，统一集团看到了大陆方便面市场的巨大潜力，也大举杀进。它以"康师傅"为主要竞争对手，却刻意强调自身的特色。"康师傅"走"平民化"路线，"统一面"却以"贵族"身份出现，注重包装的档次和品位。

自此，双方轮番进行广告轰炸，看似双方在激烈交火，实质上被炸的却是大陆原有的厂家。两强相争，一举垄断了大陆方便面市场。而许多原本很不错的大陆方便面品牌，却自然消失了。

在经济全球化时代，竞争对手之间讲求的更是双赢的结果。所以，我们不要只是单纯地想着如何击败对手，更要考虑如何才能皆大欢喜。

○ 牵住对手的衣角往前走

第一次去远航的人，大可不必先造船，再试航，最后再去远航。他完全可以借别人的船，或搭别人的船远航。这样既省时间，又是一个安全的良策。

20 世纪 50 年代，佛雷化妆品公司独霸美国黑人化妆品市场。后来，一位名叫乔治的供销员看准了这一行生意，便毅然辞职，独立门户，创立乔治黑人化妆品制造公司。他当时只有 500 美元资金、3 名职员，惟一能生产的是一种粉质化妆膏。

不久，乔治的粉质化妆膏上市了。经过反复思考后，乔治决定推出这样一则促销广告："当你用过佛雷公司的产品后，再擦上乔治粉质化妆膏，将会有意想不到的良好效果。"

对这种宣传方法，乔治的部下都认为这是替竞争对手做广告。乔治则认为，这是借船出海，是借此抬高自己的身价。这就像如果你和卡特总统一起留过影，人们便要对你刮目相看一样。

这一妙招果然收到了效果。广告刊出后，顾客们不仅很快地接受了乔治公司的产品，而且也没有引起佛雷公司的警惕。于是，乔治一鼓作气又推出了黑人化妆品系列，扩大占领市场。

几年后，等到佛雷公司发觉乔治公司已经能对它的市场地位构成严重威胁时，为时已晚，乔治公司的发展势头已锐不可当。后来，而乔治则开始独霸美国黑人化妆品市场，并且把眼光投射到其他有黑人的国家，使全世界的黑人都开始接受并使用他的系列化妆品。

> 在借用对手之力时，不要害怕做有助于对手的事。你不妨这样想：竞争对手是如此强大，无论是攻击他还是帮助他，都不会给他造成多大的影响。那就没有必要考虑对手会得到什么，只需考虑自己从中能得到什么。

○ 只要大刀耍得好，不妨关公门前试几招

"关公门前耍大刀"，或者"孔夫子门前卖三字经"，都是受世俗非议的做法。但是，这有什么不可以呢？难道你只能让"关公"或"孔夫子"成为一座自己不可逾越的高山吗？

高原曾是日本一家特殊纸制品公司的职员。1974年，他发现妇女专用的卫生纸需求量很大，便决定向这一领域发展。然而，当时占据日本市场的却是"安妮"牌卫生巾，"安妮的日子"已经成为广大女性某种特殊隐私的代名词。高原想在"安妮"的夹缝中求生存，难度可想而知。

高原首先在产品质量上苦下功夫，研制出一种比"安妮"更柔软、吸水性能也更好的产品，并取名为"魅力"。然后，他采用比"安妮"更加精美的包装材料。最后，他耐心地逐个说服销售"安妮"的零售店，将"魅力"和"安妮"摆放在一起。

奇迹就这样发生了：妇女们走进商店，一眼就看到了摆

在"安妮"旁边的"魅力"。她们原本是准备选购"安妮"的，现在见"魅力"比"安妮"更精美，于是忍不住将目光转向它。使用之后，更进一步增加了对它的信赖。

不久，"魅力"凭借其过人的外在和内在品质，不但站住了脚跟，打开了市场，而且还取代"安妮"，成为日本最具有影响力的名牌产品。

"王侯将相宁有种乎?"人类为自己设限，世界将永无进步；个人为自己设限，成功将永无希望。在强手面前，有了战而胜之、取而代之的信心，你才会充分激活自己的斗志和潜力，创造一个奇迹。

● 合作比竞争更有成效

柯维有一句名言："世界之大，人人都有生存空间，他人之得，不必视为自己之失。"我们想做一件事情，不要怕别人从中得到好处，只要考虑对自己是否有利就够了。

秋天，仰望天空，我们经常看到排成一字形或人字形的雁阵在蓝天飞行。它们之所以采用人字阵或一字斜线型的形式飞行，是它们在长期适应中形成的最省力的群体飞翔形式。这样，后一只大雁的一翼，能够借助于前一只大雁鼓翼时所产生的空气动力，使自己的飞行省力。当飞行一段时间后，大雁们便左右交换位置，使另一侧羽翼也能借助空气动力以减缓疲劳。

由于大雁既具有惊人的个体飞翔能力，又富有令人叹服的合作精神，因而，能够以轻松自如的风姿成为长空的主人。

◯ 不要怕别人得好处

第二次世界大战后不久，战胜国决定成立一个处理世界事务的联合国。可是联合国设在什么地方，一时间成了一个颇费周折的问题。按理说，联合国的地点应该设在一座繁华的城市。可是，在任何一座繁华的城市建立联合国总部都需要大量的土地来建造楼房，这些土地将花费大量的资金。可是刚刚起步的联合国总部无力支付这样一笔巨款。

正当各国首脑们犹豫不决的时候，美国的洛克菲勒家族知道了这个消息，立即许诺出巨资870万美元在世界第一大城市纽约买下了一块土地，同时买下了这块土地周围的全部土地。在人们惊异的目光中，洛克菲勒家族把这块价值870万美元的土地无偿捐给了联合国。联合国大厦建成之后，周围的土地价格立即飙升了数倍。

> 没有人能够计算出洛克菲勒家族经营这片土地到底赚回来多少个870万美元，但人们从这件事上却切切实实感受到了什么叫"予人有利，自己有利"。

◯ 想占小便宜可能失大便宜

在合作中，想占几分小便宜，这是一种正常心理。但是用这种心态指导自己的行为，却可能失大便宜。

江程拥有一家三星级的宾馆，经朋友介绍，他认识了一个名气很大的导演，导演准备在他的宾馆开一个新闻发布会。

江程爽快地同意了，可在租金上不能与对方达成协议。江程要价四万，导演只答应出两万，双方争执不下。那位从中介绍的朋友劝江程说："你怎么这么傻，你只看到了两万，两万背后的钱可不只这个数。他们都是名人，平时请都请不来呢！"

但江程始终毫不松口。

附近一家四星级宾馆的总经理听到这个消息，感到机不可失，马上找到了那位导演，并称愿意以 1.5 万元的租金把宾馆大厅租给他。

结果，新闻发布会如期举行，除了许多记者、演员外，还有不少慕名而来的影迷，十几层的大楼无一空室。而且因为明星的光临，这家四星级宾馆的名声大振。

帮助别人也就是帮助自己，别人得到的并非是你自己失去的。在这个世界上，每个人都各有各的长处和短处。你今天在某件事上帮助了别人，而在另一件事上，你也可以获得别人的帮助。

◯ 让双方从公平合作中获益

"华人首富"李嘉诚的一条成功经验是：让合作伙伴有较大的获利空间。

1951 年，松下电器公司创始人松下幸之助提议与飞利浦公司进行技术合作。飞利浦公司在全球设有 300 多家工厂，是当时世界上最大的电器制造公司。在此之前，它已和 48 个国家有过技术合作经验。

不久，飞利浦公司提出双方在日本合资建立一家股份公司，公司的总资本为 6.6 亿日元，飞利浦出资 30%，松下电器出资 70%。飞利浦公司应出资的 30%，由该公司的技术指导费作为资金投入。

这意味着，飞利浦公司不需投入一分钱，这样的条件未免太苛刻了。如果按营业额计算，飞利浦公司的技术指导费达到总营业额的 7%。而按国际惯例，技术指导费一般是 3%。经过反复交涉，技术指导费降到 5%，但松下公司仍觉得有欠公平。

在接下来的谈判中，松下谈判代表高桥没有再要求降低技术转让费，转而要求飞利浦公司支付经营指导费，理由是因为松下公司的经营技术水平众所周知，双方合作建设合资公司，在技术上接受飞利浦公司的指导，而经营要依靠松下公司，而且松下也有很好的营销网络。

飞利浦公司当然明白一个庞大的营销网络的价值，同意重新考虑合作事宜。最后商定，由松下电器向飞利浦交付 4.3% 的技术指导费，同时飞利浦向松下电器支付 3% 的经营指导费，实际上松下电器所支付的技术使用费仅为 1.3%。这样，双方的合作才真正走到了公平的轨道上。

不久后，松下与飞利浦合作成立了一家公司，其产品畅销世界各地。

合作无疑是最有效率的借力之法，它使双方的优势互补，并使各自的能力产生相乘的效果，从而能创造更大的利益。只要把蛋糕做大，双方共享一块大蛋糕，也要比一方独享一块小蛋糕获益大得多得多。

演 形象是演出来的

4

魅力的好处在于，它能使人们自动
向你身边集结，成为你干大事的资本。
它比依赖金钱和规则结成的伙伴关系更
牢靠。"明星是被塑造出来的，不是自然
天生的。"一个人的魅力离不开形象的
完善与人格的修炼，它要从人性、人情
出发，放弃自己的傲慢、偏见和虚荣，
迎合他人的好恶情感，进而达到吸引他
人心灵的目的。

● 想做成功者，先像成功者

有些人认为："在我获得了事业成功后，我就必
然拥有成功的形象！"但很遗憾，生活中的事实并非
如此，你必须在取得期望的成功之前，塑造成功者的
形象，培养自己良好的气质。

一个人只要具有了成功者的气质，他就已经成功了一半。
有些人，无论他的职位如何，不管他的头衔是什么，不管他站
在哪里，总是能像磁石一样吸引一群人围绕在他周围，总是不

由得令人肃然起敬。为什么会这样呢？就是因为他们具有了能够鹤立鸡群的特质——成功者的气质。

○ "明星是被塑造出来的，不是自然天生的"

有些人认为："在我获得了事业成功后，我就必然有了成功的形象！"但很遗憾，生活中的事实并非如此，你必须在取得期望的成功之前，塑造成功者的形象，培养自己良好的气质。

据说美国总统竞选，都要请专家为自己精心设计形象，搭配衣着、领带，设计发型、整饰面容，为的是给选民留下精神焕发、可以信赖的强烈印象。

听听人际专家的建议：

· 必须要有强烈的动机，必须对魅力有强烈的渴望。

· 必须循序渐近，从外表开始着手。

· 学会放松，自由抒发情绪，随时与人做情感的分享与交流。

· 多聆听、观察别人。在人多的场合，随时注意别人谈话时的声音与表情，仔细地研究别人的一举一动，可增加自己对他人情绪敏锐度的掌握。

· 强迫自己与陌生人交谈。排队买票、问路、到商场购物、候车等，都是不错的时机。

· 即兴演讲。你可以在家里对着镜子练习，最好把过程录下来，作为改进的参考。如果你能随时面对各种话题不假思索地谈话，将是你提升魅力的本钱之一。

· 尝试角色，体验生活。很多魅力人物，都是生活经验丰富的人，生活帮助他们培养出开阔的眼界。

·走向人群，实际投身于各种社交场合。正如欧
吉瑞博士强调：“惟一能让你成为一流好手的最佳途
径，便是直接走进球场，面对着强劲的老手捉对厮
杀。”

○ 丑而自信者，比美而不自信的人更有魅力

在日常生活中，我们很容易地指出身边谁有“魅力”，谁
没有“魅力”。因为有魅力的人通常是一个很受欢迎的人，是
一个很多人都愿意见到的人。他似乎有一种特别的力量，感染
你，吸引你，使你羡慕，诱你模仿！

那么魅力究竟来源于何处呢？

有一位学者曾调查过不少女性，让她们回答男性的魅力应
表现在哪一方面，几乎所有的答案都是相同的——自信。

心理医生罗西诺夫说，“你愈对自己有信心，就愈能造成一
种你很能干的氛围。”你的态度全部反映在你的举手投足间。

1960 年美国总统大选的时候，约翰·肯尼迪和理查德·
尼克松进行电视辩论。在那之前，许多政治分析家都认为
肯尼迪处于劣势。他年轻，很不出名，波士顿口音重。但
是，在荧光屏上，观众看到的是一个心平气和、说话很快
却轻松的年轻人，面孔新鲜而讨人喜欢。在他旁边，尼克
松看起来饱经风霜，有些紧张，不自在。这次辩论，这次
在美国大众面前的推销，改变了大众的看法，他们转而喜
欢肯尼迪。

自信对女性来说也是不可缺少的素质之一，正如
一位哲人所言：“丑而自信者，比美而不自信的人更
有其魅力。”

要舍得在形象上投资

> 心理学认为，在公众场合人们总是趋近衣着整洁、仪表大方的人，或衣着略优于自己的人。

人好不好，先看相貌；商品好不好，先看包装；公司有没有实力，先看门脸。虽然人人都知道应该"透过现象看本质"，但在实际生活中，人们还是会根据表面现象得出第一印象。心理学家研究发现，第一印象七秒钟可以保持七年，一旦形成，就很难改变，由此可见其重要性。

外表形象是实力的象征

一个人的仪表是最先被对方的感官感知的，是彼此交往中最引人注意的部分。别人要获悉你是怎样一个人，首先注意的就是你的仪表。

罗蒂克·安妮塔是一个浪漫、个性独特的女人。她很漂亮，但在衣着打扮上却很随意。她觉得没有必要为迎合世俗的审美观而浪费自己的时间，直到她因此受到一次挫折后，才改变了这种观念。

那时候，安妮塔已经是两个女儿的妈妈。安妮塔决定向银行贷款，开一家出售天然化妆品的美容小店。

这天，安妮塔上身穿一件旧 T 恤衫，下身穿一条洗得发白的牛仔裤，背着小女儿，拉着大女儿，闯进了银行经理的办公室。她绘声绘色地向银行经理介绍自己的创业构想和"美容小店"的未来远景，但银行经理拒绝了她的贷款请求。

安妮塔失望而归，向丈夫抱怨那个银行经理的铁石心肠。她说："我带上女儿都没有打动他！"

而丈夫比较理智，"银行是一个投资机构，不是救济所，在这里，T恤衫和牛仔裤是没有说服力的。"

于是，他陪安妮塔去时装店买了西装，还请一位会计师写了一份不同凡响的可行性报告，另附有预估的损益表及一大叠文件附页，连同自家的房产证，都装在一只精美的塑料卷宗夹里。然后，他们衣冠楚楚地又去了那家银行。这回他们没费口舌就得到了贷款。

这件事使安妮塔意识到形象与事业成功的关系，从此，她特别注意自己的形象与商店的形象。后来，她把"美容小店"开遍了世界各地。

个人形象能够比较直观地反映一个人的实力：经济实力与个人素养。所以，不要埋怨别人"只认衣裳不认人"，还是好好在自己的形象上多投资一点，然后自信地站在别人面前吧！

⬭ 包子好卖，还在褶上

一个衣着整齐、合体入时的人，大多数人都会认为他做事细心，有条有理，进而会想到这个人有责任心，有能力完成这样或那样的工作。

张宏毕业于某大学文秘专业，学业成绩优秀。他的理想是去政府机关做一名公务员。

后来，张宏参加了公务员考试并顺利地通过了公务员笔试。没多久，用人单位通知张宏去面试。

面试定在上午8点30分，张宏偏偏睡过了点。他赶到面试地点，正好8点30分，张宏重重吁了一口气。

他还没来得及平息一下慌乱的心情，就听见有人喊他的名字。他被领进一间办公室，办公室的条桌前坐着五位面试官。

张宏刚在椅子上坐下来，便发现主考官的眼睛在他脚上扫了一眼，随后皱了皱眉头。他有点不知所措，低头看了一眼自己的脚，发现穿错了袜子，左脚套了一只白袜子，右脚却套着一只黑袜子。他的脸一下子涨得通红。

面试官只问了几个简单的问题，面试就结束了。就在他要出门时，坐在中间的主考官提醒他说："小伙子，你上衣的纽扣扣错了。"他低头一看，西服的第三颗扣子扣进了第二个扣眼，他的脸又一次羞得通红。

> 仪表是一张公开的名片，你无须介绍，别人心中早就已有了一个印象。我们的外表非常重要，永远不可忽视。

○ 不要低估服装语言

居里夫人曾两次获得诺贝尔奖，是一位受人尊敬的的女科学家。同时，她也是一位不修边幅的女性。她认为形象并不重要，不应在这上面浪费时间，应该把时间用于科研上。

有一天，居里夫人应邀参加一个新闻发布会，介绍她们的研究最近取得的重大突破。

她全身心地做实验，把参加发布会的事给忘了，后来还是发布会组委会的电话提醒了她。

她赶往发布会，根本没有顾及自身形象。

她进到会场，拿起麦克风就讲了起来。

听众见到一个蓬头散发、穿着邋遢女人竟然如此放肆，都觉得莫名其妙，会场里顿时热闹起来。

大会主席忙做了介绍，会场才慢慢地安静下来。

居里夫人继续介绍她们的工作进展，可她发现台下的每一个人都用一种似是而非的眼光看着她。

台下不时有谁咕哝一句，引起一阵阵哄笑。

居里夫人开始还以为自己哪句话说错了，可是大家异样的眼光使她明白了事情可能出现在自己身上。原来为了赶时间，头发忘记整理了，乱得像个鸟窝，白衣服又脏又破。

发布会一结束，居里夫人就赶回实验室，甚至连晚宴都不好意思参加了。

俗话说：人靠衣裳马靠鞍。服装对人们的第一印象起着不可忽视的作用。不管你是一名伟大的科学家，还是一名普通的打工仔，服装都是你的社会地位、经济状况、内在修养及气质的集中表现。

展示你的每一个亮点

每当你出门的时候，把下巴缩进来，头抬得高高的，肺部充满空气，沐浴在阳光中，微笑着招呼你的朋友们，每一次握手都使出力量。不要担心被误解，不要浪费一分钟去想你的敌人。

人的魅力能从一举一动、一言一行中反映出来，从而让他人得出一个整体印象。那些最受欢迎的人，总是善于突出"亮点"、展示最佳形象的人。

用自信的目光反映你的底蕴

人的内心世界可以通过眼睛来表达。在社交场合，人们对某人的最初印象有一大半是根据他的眼睛所传达出来的信息获得的，因为我们在与人接触中，有80%的时间看着对方的眼睛。

两个人见面时即使没有开口说话，从目光上就可以判断出谁在心理上占有优势。所以在第一次与人见面时要善于有效地运用自己的视线，不要用没有自信的怯生生的目光看人。眼睛可以直视对方，但不要引起对方的不愉快，在异性交往中尤其要注意。

没有什么比坦诚地看着对面或旁边人，更能说明一个人的信心。当你与对方交谈时，无论心里怎样害怕或踌躇，都要看着对方，在直接凝视对方的同时，带着一种友好的微笑。因为这样，可以表现出对说话者的尊重，也可以表现出一个人的文化修养。

◯ 微笑是最受欢迎的语言

真诚的微笑，其效用如同神奇的按钮，能很快打开友谊之门，因为它在告诉对方："我喜欢你，我愿意做你的朋友。"同时也在说："我认为你也会喜欢我的。"

艾米莉是某化妆品公司的直销员，她入户推销的成功率高得不可思议。她的致胜法宝其实很简单，在每次敲用户的门之前她都拿出镜子，面对镜子微笑，当微笑遍布整个脸庞，渗透到每个毛孔时，才带着微笑去敲门。无论遇到什么样的主人，谁又忍心拒绝一张灿烂的笑脸呢？

初次见面的朋友，初次接触的客户，留下美好的第一印象至关重要。对于有些人来说，第一次见面时的坏印象，也许会在他的脑海里铭记一辈子，再难改变。所以，从一开始就要做受欢迎的人，而微笑是最受欢迎的语言。

在社会生活中，微笑还含有另外一层意义：你值得我对你微笑。波纳罗·奥弗斯特曾说："我们对别人微笑，别人也会对我们报之以微笑。也可以说，我们从众人之中选中了他，我们已经承认了他，并给予了他一个特殊的地位。"

○ 让声音更具魅力

一个业务员在电话中与一位客户沟通总是达不到预期的目的，后来，他亲自上门拜访了这名客户。一进门，客户见到他后便说："真没想到，你本人看上去要比电话中听到的好得多。"原来，他电话中的声音生硬、低沉，让人听了没有好感。

所以，人们也会通过声音来判断我们的智力。

因此，不要败在我们的声音上。可以把自己的声音录在磁带里，然后反复地听，反复地修改，直到我们满意，能够听上去有一种自信、友好的感觉。

让人注意四个方面：

·根据房间大小、听众人数、噪声量、说话内容以及本人的情绪来决定自己的说话速度，同时要学会停顿。

·控制声音的大小，保证自己的音量既能强调重点，又能让对方了解谈话的内容。

·消除破坏因素，让自己的音质成为对方注意的因素。

·咬字吐句清晰，首先让对方容易听懂。

说话要简洁有力

美国的声音教练杰弗里·雅克比在全国范围内抽样调查了
1 000 名男女，问他们"哪种声音让你们最讨厌、最反感?"
得到的答案是嘀咕、抱怨或唠叨的声音。雅克比发现，人们
通过发音的方式来判断别人。

还有一个研究报告指出：句子愈短愈容易使人理解。

实际上句子简短，不仅容易使人明白意思而且能给人一
种顺畅、节奏明快的感觉。

在你说话时，若总是喜欢用"这个这个"，或者"啊，
啊"等拖拖拉拉的词语，听者会感到烦躁，而对你产生厌烦
的情绪。另外，你若嘟嘟囔囔，甚至自己也不知道说些什么，
会使人怀疑你脑筋是否有问题。

说话和写字一样，该断就断，少用连接词，会
使听者感觉明朗而有理，给人精明能干的印象。

与人交谈尽量多用平常语言

身居高位而平易近人的人，总会受到周围人的欢迎，而
官没做多大、架子却端得很大的人，会引起别人的反感。同
样，学问没有多深，却喜欢咬文嚼字，会给人"酸"的感觉。

著名作家J·马菲曾经提醒别人："尽量不说意义深远、新
奇的话语，而以身旁的琐事为话题开端，是促进人际关系成
功的钥匙。"

一个人以诚实的态度对待别人，对方就会产生
好感，也会以友好的态度来回报，这样双方交谈的

气氛就会十分融洽。一个真正有学问的人从来不会故弄玄虚，而是平平常常地表达自己的意见。

○ 临别画一个圆满的句号

你可能也有这样的感受：刚刚走出客人家门，就听到对方把门"嘭"地一声重重关上，即使在刚才受到相当热情的接待，也会觉得像被泼了一盆冷水，十分扫兴。也许对方只是一时疏忽，但自己却会怀疑人家是否不欢迎自己。因此，在临别时，最好注意一下自己的小动作，不要功亏一篑。在临别时，如果处理得当，会起到事半功倍的作用。

日本前首相田中角荣应付请愿者颇有一手。当他接受请愿时，对请愿者不送别。而当无法接受请愿时，他会客气地把他们送到门口，并与他们一一握手告别。没有达到目的的请愿团，受到首相的殷勤相送，心中自然有说不出的舒坦，甚至会怀着感动的心情离去。

俗话说："结果好，一切就好。"在会面结束后，别忘了在临别之时给对方留下一个好印象，给会面画上一个圆满的句号。

● 收起你的优越感

法国哲学家罗西法古说："如果你要得到仇人，就表现得比你的朋友优越吧；如果你要得到朋友，就要让你的朋友表现得比你优越。"

93

没有人愿意承认自己不如对方高明，这是每个人最起码的虚荣心。

所以，19世纪的英国政治家斐尔爵士告诫那些向他求教的人说："如果可能的话，要比别人聪明，却不要告诉人家你比他聪明。"

苏格拉底则告诉他的门徒一个圆滑处世方法："我只知道一件事，就是我一无所知。"

送出虚名求实惠

明智的人，他始终考虑实际的好处，而不会在乎虚名。因为他们知道，只要获得成功，终有一天会实至名归。

美国著名的成功学家、"钢铁大王"卡耐基是一个不好虚名而重实际的人，只要对事情有好处，他就不吝于将出风头的事让给别人。

有一年，卡耐基结识了一位名叫弗里克的青年。此人经营煤炭业，号称"焦炭大王"。卡耐基的钢铁公司需要煤炭，而且他对弗里克的胆识与才干非常赏识，如果跟弗里克合作的话，对他的事业无疑是有好处的。

卡耐基知道弗里克为人十分自负，如果不把他的面子照顾到很周全，即使他明知对自己有利，也不会合作的。于是，他将弗里克请到自己家里，热情接待。其时，卡耐基已年近50，比弗里克差不多大一倍，他的财富也比弗里克多无数倍，但他仍然在弗里克面前保持着礼貌和谦逊。尽管弗里克是个骄傲自负的人，也不禁对卡耐基产生了好感。这时，卡耐基才提出合作成立一家煤炭公司的建议。他还大度地表示，新公司的总价值是200万美元，弗里克的焦炭公司约值32.5万美元，其余160多万美元都由他支付，股份双方各得一半。并且，新公司的名称是"弗里克焦炭公司。"

这是弗里克最看中的。此后，弗里克成为卡耐基的合作者，日后更成为卡耐基钢铁公司的高层领导之一。

　　卡耐基一向认为，作为商人，当以求利为本。利来而名自至，根本用不着考虑一时的虚名。卡耐基不务虚名，但他把事业做大了，做人做到了极高的水准。这比那种争虚名的做法无疑高明多了。

○ 成人之美而不掠人之功

　　成人之美其实一种高超的交际艺术，乐于成人之美的人总能得到别人的帮助和配合。

　　英国博物学家达尔文，在1839年就已经形成了进化论的观点，并陆续写成了手稿，他没有急于付印发表，而是继续验证材料，补充论据。这个过程，长达20年。

　　1858年夏初，正当达尔文准备发表自己的研究成果时，突然收到马来群岛从事考察研究的另一位英国博物学家华莱士所写的题为《记变种无限地离开其原始模式的倾向》的论文，其内容跟达尔文正准备脱稿付印的研究成果一样。

　　在这个关系到谁是进化论创始人的重大问题上，达尔文准备放弃自己的研究成果，把首创权全部归华莱士。他在给英国自然科学家赖尔博士的信中说："我宁愿将我的全书付之一炬，而不愿华莱士或其他人认为我达尔文待人接物有市侩气。"

　　深知达尔文研究工作的赖尔坚决不同意达尔文这样做。在他的坚持和劝说下，达尔文才同意把自己的原稿提纲和华莱士的论文一起送到"林奈学会"，同时宣读。

　　华莱士这才得知达尔文先于他20年就有了这项科学发现，他感慨地说："达尔文是一个耐心的、下苦功的研究者，勤勤恳恳地收集证据，以证明他发现的真理。"他宣布："这项发现本应该单独归功于达尔文，由于偶然的幸运我才荣膺了一席。"

　　正是达尔文善于成人之美的行为，换来了华莱士对达尔文的莫大尊敬。

> 在你帮助别人、成人之美的同时，无意识地为自己营造了一个良好的人际环境，只要机会一来，你的成功将是惊人的。

○ 收起优越感，不要自显高明

法国哲学家罗西法古说："如果你要得到仇人，就表现得比你的朋友优越吧；如果你要得到朋友，就要让你的朋友表现得比你优越。"老子也曾说过："良贾深藏宝若虚，君子盛德貌若愚"，是说商人总是隐藏其宝物，君子品德高尚，而外貌却显得愚笨。这句话告诉人们，必要时要藏其锋芒，收其锐气，不可将自己的优势让人一览无余。

没有人愿意承认别人竟然比自己高明。所以，在与人交往时，假如你确实比对方高明，别人是看得到的，你不必试图证明你的高明。比方说，有人说了一句你认为错误的话，或者做了一件你认为错误的事，这时，你告诉他正确的应该是什么，无形中将对方摆在学生的地位，而自居为老师。除非你真的是他的老师，否则他必然不服气。即使你真的是他的老师，他同样会存有异议。

> 无论是在言语还是在行为上向人显露自己的优越心理，都是令人反感的，所以智者会尽量保持甘居人下的谦逊姿态，结果他们反而受到大家的景仰，被人们举得高高的。这难道不是一种更高明的策略吗？

对别人不感兴趣就是伤害

"不对别人感兴趣的人，他一生中的困难最多，对别人的伤害也最大。所有人类的失败，都出诸于这种人。"

每个人都觉得自己很重要！或者说，每个人都希望被别人认为很重要。如果对方感觉到他在你心目中很重要，他一定会对你产生好感——没有人会讨厌一个喜欢自己、尊重自己的人。只有使别人产生重要的感觉，你才会受到他们的欢迎。

把对方放在心上

如何使对方产生重要的感觉呢？

·关心对方关心的事。他关心自己的利益，关心自己的健康，关心自己的家人……你只要对他的利益，他的健康，他的家人表现出足够的关心，他就会把你当成自己人。

·欣赏对方户欣赏的事。他欣赏自己的成就，欣赏自己的能力，欣赏自己的风度……你只要对他的成就，他的能力，他的风度表现你真诚的欣赏，他一定会欣赏你，把你当成难得的知音。

·请教对方擅长的事。自己不懂的问题，不清楚的事情，不妨向对方求教。既可增长见识，又能得到对方好感，何乐而不为？

"你以怎样的态度对待别人，别人也会以怎样的态度对待你。"这是成功学家拿破仑·希尔的一句名言。

你轻视一个人，你就不会把他放在心上，对他的一切都漠不关心。你重视一个人，你就会关心他的感受，关心他所处的状况。当他感受到你的轻视或重视后，也会报以同样的态度。当你想改善和巩固跟某个人的关系时，把他放在心上，无疑是一条捷径。

让对方感受到你的关注

你的关注是你重视对方的一种表现，这会让对方感之于心而发于情，从而对你产生很深的好感。

王嘉廉是一位美籍华人，CA公司的创始人。作为软件界的大腕，他被誉为是"华人中惟一可与比尔·盖茨抗衡的人。"在他的公司，员工的忠诚度相当高，令其他企业界人士十分羡慕。他建立员工忠诚度的办法是什么呢？除了给予员工高于同行的待遇外，还有一个秘诀：让员工时刻感到受重视、受关注。

琼是一位台湾出生的普通电脑程序员，在一般公司，像她这种基层人士是没有多少机会跟高层领导打交道的。一次，她跟王嘉廉以及王嘉廉之兄碰巧在电梯中相遇。她发现，王嘉廉向兄长介绍她时，对她的工作及个人状况相当了解，这让她产生了一种被重视的感觉，不禁受宠若惊。还有一次，在闲聊中，王嘉廉问她会不会烧冬瓜。她说会，并且说这是她很爱吃的一道菜。过不久，她收到王嘉廉在自家后院种的一只巨无霸冬瓜。这虽然是件小事，却让她非常感动。

让对方感受到你的关注并不难，只要你真的把他放在心上，不经意间就会流露出来。记住对方的名字，了解他的生活与工作情况，这很重要。

○ 给对方一个真诚的问候

人与人的关系，需要通过一定的交往来维系。如果久不联系，关系自然就疏远了。假如你重视他们的话，要经常抽出一点时间，给他们一个真诚的问候，使联系不致于中断，并表示你还把他们放在心上。

美国前国务聊奥尔布赖特十多年前是 BON 电影公司的公关部经理。当时，她面临着巨大的职业挑战，同时又必须面对许多现实的东西，像人际关系的处理、家庭生活的和谐等，但她巧妙地使这些烦琐的事情顺畅起来。

比如，她的下属总会在某一个繁忙的下午突然收到一张上面写着诸如"你辛苦了！"、"你干得非常出色！"之类的小卡片。而在她丈夫生日的那一天，她总会想着安排一个家庭小舞会，而且是自己事先布置好。

对这种做法，她饶有兴趣地解释说："大家的节奏都那么快，大部分人都忘了一些最基本的问候，都认为这些是不足轻重的小细节。其实正是这些细小的方面使人与人之间的情感变得不那么紧张，这是对我个人形象、风度的一个最佳传播，会使她们更认为我是一个完美无缺的人，她们总会想到我好的地方，不会注意我的缺陷。那我就想，为什么我不能做得更好些呢？"

显然，奥尔布赖特的话有许多值得我们借鉴的地方，人与人的关系不一定非要在大事中才能体现出来，在日常生活的琐碎之中更能体现你的友善。

既懂得工作的重要，也深信生活的乐趣，随时把心中最真诚的愉悦带给大家，这正是处理人际关系的要诀。

○ 从小事上体现你的真心关怀

一般人认为：患难见真情。这虽然有道理，但真情却不必非得等到患难之际才显示出来。在日常琐事上，也能体现你对他人的真心关怀。

西奥多·罗斯福是深受美国人民爱戴的总统。他之所以获得了崇高的声誉，是因为他能够真诚地对待每一个人，无论是一名议员，还是一名仆人。

他的贴身男仆安德烈向人们讲述了这样一个故事：

有一天，安德烈的妻子问罗斯福总统野鸭是什么样子，因为她一生都没离开过华盛顿，她没机会到野外去看野禽。罗斯福总统耐心地向她描述野鸭的模样和习性。

第二天，安德烈房里的电话响了，电话那头传来了罗斯福总统的声音，那声音告诉安德烈的妻子，他们房子外面的大片草地上就有一只野鸭。

像这样的人，谁会不热爱他呢？即使他不是总统。

在生活中，大事不多，小事不少，你想从小事上体现对他人的关怀，随时可以如愿。你在一些不经意的小事上展示你的诚意，别人意外之余，会有一种真心的感动。

● 切勿伤人面子

任何人都没有权利去伤害别人的面子。但是，有些人却认为自己拥有这种权利，毫无顾忌地对他人指责批评，甚至呵斥羞辱。这种人能得到什么呢？除了一时之快和人际关系的恶化外，什么也得不到。

在任何情况下，都要设法让人保住面子，这可以视为处理人际关系的一个最高原则。由粗鲁的、轻率的言行举止造成的心理伤害是严重的，它引起的愤怒可能会持续很久。有的人将那句让他受到伤害的话记住了一辈子，如果你是说这句话的人，意味着你非常不幸地得到了一个终身仇人。

◯ 永远不要以为自己有权伤害别人的面子

任何人都没有权利去伤害别人的面子。毫无顾忌地对他人指责批评，甚至呵斥羞辱，是对他人的不尊重，也是对自己行为修养的否定。结果，只能是恶化了人际关系，失去了一个朋友，失去他人对你的尊重。

在一所高等职业学校，一位学生因非法停车而堵住了学院的一个入口。这时，他的导师冲进教室，当着那么多同学的面，以非常凶悍的口吻问道："是谁的车堵住了车道？"

当车主回答后，那位导师吼道："你马上给我开走，否则我就把它绑上铁链拖走。"

从那天起，不只这位学生对那位导师看不惯，全班的学生都与他过不去。在他讲课的时候，他们故意大声聊天、说笑，根本无视他的存在。他的工作变得越来越不愉快，过不久只好申请调走了。

他原本可以用友善的方式解决这个问题，他也许在潜意识中认为他有权无视别人的感受，结果他采用最不聪明的方式，既伤害了别人，也伤害了自己。

我们在生活中都是顾及自己的脸面的。那么，我们也要顾及他人的脸面，要尽可能地减少对他人的伤害，保住他人的面子。

○ 伤人面子只能自找没趣

有的人把自己的面子看得贵如金，却把别人的面子看得贱如纸。他们为了自显高明，不惜将别人的尊严践踏在脚下。其结果，也不过自取其辱罢了。

素来以傲慢无礼、举止粗鲁闻名于世的赫鲁晓夫就曾尝到过伤人面子的苦头。那是 1957 年，美苏首脑举行会谈，美国副总统尼克松应邀出访前苏联。在此之前，美国国会通过了一项《关于被奴役国家的决议》。这一决议受到前苏联最高领导人赫鲁晓夫的激烈抨击。

在美苏首脑会谈中，他指着尼克松吼叫着："这项决议很臭，臭得像马刚拉的屎！没有什么东西比那玩艺儿更臭了！"

在这种关系到国家和民族尊严的场合，尼克松当然也不会示弱，他知道赫鲁晓夫年轻时曾当过猪倌，就慢条斯理、一字一句地说："恐怕主席先生说错了，还有一样东西比马粪更臭，那就是猪粪。"

赫鲁晓夫不禁一时语塞，尽管他是一个很有自制力的领导人，也不免羞得满脸通红。

在人际交往中，只要维持住双方的面子，则一切争端都有回旋余地；一旦撕破面皮，就极可能陷入火星四溅、双方都无力控制的局面。所以，设法保住别人的面子，是人际交往中的头等大事。

◯ 切勿训斥和威胁犯错的人

有一种人，脾气粗野狂暴，能把任何事都弄得像滔天大罪那样不可饶恕。有智慧的人绝不如此处理问题，他把别人的自尊放在第一位，然后才设法将事情导向好的方面。

一天中午，一位老板到工厂进行例行检查时，看到一些员工正在挂着"禁止吸烟"的标牌下面吸烟。没有比明知故犯更可恶的事情了，很多人一定会这样想。这位老板却没有这么敏感。他走到这些工人们身边，递给每个人一支烟，说："小伙子们，如果你们能在外面抽烟的话，我就真要感谢你们了。"

小伙子们自然知道自己违反了厂里的规定。但老板不仅没有指责他们，反而送给每人一件礼物。他们的自尊得到了尊重，他们被人当人看，当然要表现得像个人。所以，公然在厂内吸烟的人再也没有了。

事实就是这样，你设法保住别人的面子，别人也会卖你的面子，其结果是你好我好大家好，这不是皆大欢喜吗？

◯ 尽量给对方一个"台阶"

1961 年 6 月，英国退役陆军元帅蒙哥马利访问中国。在洛阳参观访问时，他由中国外交部工作人员陪同，在街上散步。走到一个小剧场，他好奇地走了进去。台上正在演豫剧《穆桂英挂帅》。蒙哥马利了解到剧情之后，连连摇头，说："这个戏不好，怎能让女人当元帅？"

中方同人员解释："这是中国的民间传奇，群众很爱看。"

蒙哥马利说："爱看女人当元帅的男人不是真正的男人，

爱看女人当元帅的女人不是真正的女人。"

在英国人的观念中，"人类的文明是从尊重女性开始的"，男人应该为女人上前线拼命，岂能让女人以柔弱之躯应付战争？

中方人员未考虑到蒙哥马利的观念，不服气地说："我们主张男女平等，男同志能办到的事，女同志也办得到。中国红军里就有很多女战士，现在解放军里还有位女将军。"

蒙哥马利说："我一向对红军、解放军很敬佩，但不知道解放军里还有一位女将军，如果真是这样，会有损解放军声誉的。"

中方人员针锋相对地反驳说："英国女王也是女的。按英国政治体制，女王是英国国家元首和全国武装部队总司令，这会不会有损英国军队的声誉呢？"

蒙哥马利一下给噎住了。

事后，中方人员向周恩来总理汇报这件事，没想到周总理严肃批评说："你讲得太过分了，你解释说，穆桂英挂帅是民间传奇，这就行了。你不同意他的看法，也不必非得去反驳他。你做了多年的外交工作，还不懂求同存异？弄得人家无话可说，就算你胜利了？"

接着，周恩来总理审阅为蒙哥马利安排的文艺节目单，看到有一出折子戏《木兰从军》，便说："瞧，又是一个女元帅！幸亏知道蒙哥马利的观念，不然他会以为我们故意刺激他了。"

他随即吩咐撤掉这出折子戏，另外增加杂技、口技等节目。

周恩来总理的安排平息了蒙哥马利的怨气，使他挽回了面子，两人的友谊与两国的友好关系都得到了加强。

古人说："饿死事小，失节事大。"所谓"失节事大"，其实是面子事大。这种观念也许很陈腐，持有这种观念的人却很多。如果你不想招致别人的仇视、怨恨的话，切勿伤人面子。

● 永远别说"你错了"

> 跟别人相处的时候，我们要记住，和我们来往的不是度量不凡的超人，更不是修炼到家的圣人。和我们来往的都是感情丰富的常人，甚至是充满偏见、傲慢和虚荣的怪人。超人和圣人能够虚怀若谷地对待别人的批评，但常人不能，怪人更不能。

在人际交往中，破坏力最强的莫过于这三个字：你错了。它通常不会造成任何好的效果，只会带来一场不快，一场争吵，甚至能使朋友变成对手，使情人变成怨偶。

所以，当我们想说"你错了"时，应该明白，对方十有八九不会虚怀若谷地接受。就像我们自己不会虚怀若谷地接受别人"你错了"的评价一样。

○ 不要试图让对方承认"我错了"

有一位先生，请一位室内设计师为他的居所布置一些窗帘。当账单送来时，他大吃一惊，意识到在价钱上吃了很大的亏。

过了几天，一位朋友来看他，问起那些窗帘时，说："什么？太过分了。我看他占了你的便宜。"

这位先生却不肯承认自己做了一桩错误的交易，他辩解说："一分钱一分货，贵有贵的价值，你不可能用便宜的价钱买到高品质且有艺术品味的东西……"

结果，他们为此事争论了一个下午，最后不欢而散。

当我们不愿承认自己错了时，完全是情绪作用，跟事情本身已经没有关系。当我们错的时候，也许会对自己承认。

如果对方处理得很巧妙而且和善可亲，我们也会对别人承认，甚至以自己的坦白直率而自豪。但如果有人想把难以下咽的事实硬塞进我们的食道，那我们是绝不肯接受的。

既然我们自己是这种习性，那么也可以理解别人也具有同样的习性，不要把所谓"正确"硬塞给他。他虽然明知错了，也希望得到足够的尊重。所以，别去指责他们，因为那是愚人的做法。

> 当我们犯了错误，并非意识不到犯了错误，只是顽固地不肯承认而已。所以，当你对一个人说"你错了"时，必然撞在他固执的墙上。

○ 说"你错了"不如承认"我错了"

没有多少人能够正视别人的批评，大人物不能，小人物更不能。

美国的罗斯福和塔夫脱两位总统之间发生过著名争论——当罗斯福于1948年步出白宫的时候，他让塔夫脱当上总统，然后自己到非洲去猎狮子。等他回来的时候，却大发雷霆。他斥责塔夫脱的保守主义，并有意为自己弄到第二任的提名，于是组成了雄麋党，结果把共和党弄垮了。在接下来的大选中，塔夫脱遭到空前的惨败。

对于罗斯福的批评，塔夫脱有没有反躬自问、虚心接受呢？

当然没有！

他说："我看不出我怎样做，才能跟我以前所做的有所不同。"

所有罗斯福的批评，都无法使塔夫脱承认自己错了，反而使他竭力为自己辩护。

在这里，人性表现出来了，做错事的人只会责怪别人，而不会责怪自己——我们都是如此。这不是度量的问题，而是人性的问题。只有极少数人能够克服人性的弱点而使度量大到能接受批评的程度。但这种人我们很难遇到，至少我们不必指望眼前这个人就是一个已克服人性弱点的超人。

当我们想说"你错了"的时候，我们要明白，哪怕我们费尽口舌，他都不会承认。无论他是否辩解，他都不会真正接受我们的批评。既然如此，我们还不如承认是"我错了"。这样做，不但会避免所有的争执，而且可以使对方跟你一样地宽宏大度，承认他也可能弄错。

必须给对方服"苦药"时，要加一些"蜜糖"

永远不要这样做：你的确错了，不信我证明给你看。

这等于是说："我比你更聪明。我要告诉你一些事，使你改变看法。"

你直接打击了他的智慧、判断力、荣耀和自尊心，只会使他想反击，但绝不会使他改变心意。

有一位先生，花三天时间写了一篇演讲稿，他认真地撰写、修改并润色，其精心程度绝不亚于鲁迅或朱自清写一篇文章——据说鲁迅写完一篇文章后，通常要改七遍，而朱自清每天只写 500 字。

这位先生认为演讲稿写得十分到位，得意地读给妻子听。妻子认为这篇演讲稿写得并不出色。

她委婉地说："如果这篇文章是投给报社的话，肯定算得上是一篇佳作。"换句话说，她在赞美的同时巧妙地表达出它并不适合演讲。丈夫听懂了其间的涵义，立即撕碎了精心准备的手稿，并决定重写。

> 假如对方真的错了，你有必要运用一些技巧，使对方察觉不到"你错了"这三个字。正如一位哲人所说："必须用若无实有的方式教导别人，提醒他不知道的好像是他忘记的。"

○ 指责对一个想犯错误的人基本无效

伟大的心理学家席莱说："我们极希望获得别人的赞扬，同样的，我们也极为害怕别人的指责。"

指责并不能使我们承认现在的做法错了，只能增加心中的怨恨而已。这是因为，一个人犯错误，往往不是因为他不知道是在犯错误，而是因为他想犯错误。宣传教育对于想犯错误的人基本无效。防止犯错的方法有两种，一种是让人不敢犯错，一种是让人不想犯错。前者是强制手段，见效快而难服人心；后者是沟通艺术，见效较慢而作用力持久。要想让一个人对自己的行为真正负责，依赖于他的自尊和良知的觉醒。那么，首先要设法帮他保住面子，以免他自暴自弃。

在一家工程公司，有一位安全协调员，他的职责之一是监督现场员工戴上安全帽。开始，他碰到没有戴安全帽的人，就批评他们不遵守公司的规定。员工虽然接受了他的纠正，却满肚子不高兴，常常在他离开以后，又把安全帽拿下来。

他决定采取另一种方式。下一次他发现有人不戴安全帽的时候，他就问他们是不是安全帽戴起来不舒服？或者有什么不适合的地方？然后，他以令人愉快的声调提醒他们，戴安全帽的目的是保护他们不受到伤害，建议他们工作的时候一定要戴安全帽。结果，遵守规定戴安全帽的人愈来愈多，再也没有故意对抗制度的行为。

> 指责不能对事情有任何改善，只会使情况变得更糟。与其这样，何不换不一种方式处理问题呢？

○ 当对方已经知道错了时，不必再说"你错了"

日本"经营之神"松下幸之助在管理员工时，对小的失误，会及时提醒；对大的失误，反而不置一词。这是为什么呢？员工对小的失误不放在心上，将来可能铸成大错；对大的失误，当事者必然已经意识到自己的错误，并为自己的愚蠢懊悔自责，这时再去指责他，已显得非常多余。

有一次，著名试飞员鲍勃在架机返回基地时，在空中 300 尺的高度，两具引擎突然熄火。幸亏他技术娴熟，操纵飞机强行着陆成功，飞机虽然严重损坏，所幸人安然无恙。

经检查，事故的原因是，这架螺旋式飞机，居然装的是喷气机燃料。这显然是负责这架飞机保养的机械师的过错。

回到机场后，他要求见一见这位机械师。那位年轻的机械师为所犯的错误而极为难过，正泪流满面地等待鲍勃暴风骤雨般的痛责。

但鲍勃并没有一句责怪之词，他用手臂抱住那个机械师的肩膀，温和地说："不要太难过！这种事谁也不希望发生，但它有时的确免不了会发生。为了证明你不会再犯错误，我要你明天保养 F–51 飞机。"

> 在任何时候，我们都有必要记住，批评的目的是为了对事情有所改善，而不是为了发泄情绪。如果我们不能确定批评能改善什么，就不要批评；如果我们确定即使不用批评，事情也会得到改善，就不要批评。

◯ 说"你错了"的一个原则和三个要素

假如事情到了不得不说"你错了"的地步，应遵循一个原则，即对事情有好处又不伤害对方的自尊。如《菜根谭》云："攻人之恶毋太严，要思其堪受；教人之善毋过高，当使其可从。"

应满足第一个要素是：让对方明白你的好意。你指出对方的错误，到底是为了贬低他而抬高自己，还是为他好？他也许并不明白。所以，你要设法让他感到你的好意。此外，讲话时态度一定要谦和诚恳，用语不能激烈，否则对方就会以为你在教训他；也不必过于委婉，否则他会认为你惺惺作态。

第二个要素是：选择适当的场合和时机。原则上讲，要在对方情绪比较稳定时指出他的不足之处。人在情绪不正常时，可能什么也听不进去。此外，最好避开第三者，以一对一方式进行，以免让他产生当众出丑的感觉。

第三个要素是：不要进行比较。指出对方的错误，要就此论事，不要拿他跟别人比较。"人比人，气死人"，这只会让对方产生强烈的反感。

此外，我们也不妨试着了解犯错的当事人，试着理解他为什么会犯错。这比批评更有益处，也更有意义得多。

哲人这样说："全然了解，就是全然宽恕。"

不要对别人的错误过于敏感，不要执着于所谓正确的意见，不要轻易刺激任何人。

如果你要使别人同意你，应当牢记的一句话就是："尊重别人的意见，永远别说你错了。"

以尊重为出发点

> "没有谁必须要成为富人或成为伟人，也没有谁必须要成为一个聪明的人。但是，每一个人必须要做一个诚实的人。"

一位杂志社的高级主编介绍他选稿的经验时说，他拿起每天送到他桌上的数十篇小说，只要读几段，就能感觉出作者是否喜欢和尊重别人。"如果作者不喜欢别人，不尊重别人，别人就不会喜欢他的小说。"他说："我现在所告诉你们的，跟你们的牧师所告诉你们的，是完全相同的东西。但是，请记住，你必须对别人感兴趣，如果你要成为一名成功的小说家的话。"

不仅写小说是如此，待人处世尤其如此。因为我们的人生就是一幅作品，让人喜欢还是让人讨厌，全取决于我们对别人的态度。

尊重比是非更重要

待人接物，当以尊重为出发点。尊重别人的人格，尊重别人的利益，你就握有了一张进入别人心灵的通行证。

一天下午，一位外国客人气冲冲地走进一家饭店的经理室，嚷道："刚才我在门口滑倒，扭伤了腰。地板这么滑，你们得负责任！"

这位训练有素的经理知道，当客人心怀不满时，谈论对与错是毫无意义的，首先要保持尊重的态度，然后才能让他平静下来。他和颜悦色地说："很抱歉！您的腰不要紧吧？我马上领你去医务室，请稍等一下。"

经理请外国客人脱下脚上的鞋，换上一双新鞋。他将外国客人的鞋悄悄交给一位服务员，让她去找人修理。然后经理领着外国客人去了医务室。经检查，并无大碍，外国客人的情绪已平复下来。经理又请他去经理室喝咖啡。

过了一会，服务员将修好的鞋送来了。经理将它交给外国客人，笑吟吟地说："很冒昧，我们擅自修理了您的鞋。据鞋匠说，鞋后跟磨薄了，容易打滑。"

外国客人既感动，又惭愧，握着经理的手，连声称谢。

假如这位经理一开始就指明问题应由外国客人自己负责的话，就很可能惹出一场侵权官司，这无疑对双方都不利。但他对客人始终保持尊重的态度，就将一场可能的风浪化为无形。

◯ 切勿轻视小人物

松下电器公司创始人松下幸之助曾经说，总经理必须兼任替下属端茶的工作。当然，他的意思并不是真的要亲自端茶，而是说，身为领导者，不能高高在上，应对下属保持足够的尊重。

松下幸之助无疑是深通为人处世之道的人，他知道，越是小人物，越是需要尊重。因为小人物也有自尊心，却没有被人追随吹捧的机会，所以他们对别人的态度会非常敏感，尊重或不尊重，将大大影响他们的情绪。

玛丽·凯曾经在一家公司当业务员。有一次，她参加了整整一天的销售训练课。课程结束后，由总裁做激励演讲，然后一一和大家握手。玛丽·凯怀着异常激动的心情排在队伍中。终于轮到她了，但总裁却连正眼都没有瞧她一下，冷漠甚至有些厌烦地从她的头顶望过去，看看后面还有多少人，根本没有觉察到玛丽·凯在和他握手。

总裁冷漠的眼神刺得玛丽·凯心里隐隐着痛。她感觉到，总裁根本就没有将员工真正放在心上，接见和握手只不过是一种形式，他们只不过是他的赚钱工具而已。

这件事使玛丽·凯深深地感到，作为一位领导者，在雇员眼中不仅要有权威，更重要的还要有人性。因此，她在创办企业之后，一直以这件事作为镜子。后来，尽管她的公司拥有 20 余万员工，尽管她已成为世界工商界的名人，但她每月仍然要抽出一段时间，接待来自世界各地回到总部来轮训的 400 名雇员。她说："我将给每一个来到我面前的人全部的注意，不管我自己多么疲劳。"

给予周围朋友们足够的关爱，是打开彼此心灵的钥匙。

尊重莫过于守信

你是否尊重别人，仅靠口头表达是缺乏说服力的，还需要用事实来证明，对人守信用无疑是最好的明证。本杰明·鲁迪亚德曾经说过："没有谁必须要成为富人或成为伟人，也没有谁必须要成为一个聪明的人。但是，每一个人必须要做一个诚实的人。"只有诚实的人，才能把尊重他人做到极致，并得到他人的尊重。

卡尔任百事可乐公司总裁期间，经常应邀去各地演讲。一次，科罗拉多大学邀请他去给学生们做一个发言，谈一谈有关人生成功的话题。在演讲前，当地一个名叫杰夫的小商人通过主办者，约卡尔见面，想向他讨教几个问题。卡尔表示同意。他估计在下午两点半之前能结束演讲，便将约会时间定在两点半。

在演讲时，卡尔兴致勃勃地向大学生们讲他的创业史，讲商业成功的原则。他充满睿智而又不失风趣的发言，博得了阵阵掌声。他兴之所致，越讲越来劲，根本忘了时间。这时，一张名片放在了讲台上。卡尔拿起来一看，名片背面写着一句话：您和杰夫下午两点半有个约会。

卡尔一看表，原来两点半已经过了。

卡尔决定立即结束演讲。他对大学生们说："感谢各位来听我的演讲。我很想继续跟你们探讨一些有趣的问题，但我还有一个约会，而且已经迟到了，这是很不礼貌的。所以我只能非常抱歉地跟大家说再见，并祝你们好运！"说完，他快步走下讲台，去赴杰夫的约会。

对卡尔诚信的作风，学生们报以热烈的掌声。他对一个小人物尚且如此尊重，可见他的人品是多么高尚！

> 是否尊重别人，源于本性；是否守信用，源于修养。能将这两者融于一体，必然是一个到处受欢迎的人。

雪中送炭最动人心

> 世界上任何重要的事情，都是人的事情，只要把人打理好了，则无事不可成。你种下人情，将收获成倍的人情。而雪中送炭显然是一颗人情的良种，必将使你收获人情的硕果。

你想获得别人的好感，成为一个到处受欢迎的人，有一个简单的办法：让他人从双方的交往中受益。此外，还有一个更有效的办法：雪中送炭。

俗话说："不惜钱者有人爱，不惜力者有人敬。"让他人受益，能让人喜欢。但是，雪中送炭却能给人留下更深的印象，能让你获得忠诚和情义。

○ 鲁肃和周瑜的故事

鲁肃和周瑜是两个著名的历史人物，他俩在同朝为官之前，还有一段鲜为人知的故事：

三国争霸之前，周瑜并不得意。他曾在军阀袁术部下当了一个小小的居巢长，也就相当于一个小县的县令罢了。

这时候地方上发生了饥荒，粮食问题日渐严峻。百姓没有粮食吃，军队也饿得失去了战斗力。作为父母官，周瑜看到这悲惨情形，急得心慌意乱，却不知如何是好。

有人献计，说附近有个乐善好施的财主鲁肃，他家素来富裕，想必囤积了不少粮食，不如去向他借。

周瑜带上人马登门拜访鲁肃。寒暄过后，周瑜就直接说："不瞒老兄，小弟此次造访，是想借点粮食。"

鲁肃一看周瑜仪表不凡，定是大器之才，有心结交，哈哈大笑说："此乃区区小事，我答应就是。"

鲁肃亲自带周瑜去查看粮仓。这时鲁家存有两仓粮食，各 3 000 斤。鲁肃痛快地说："也别提什么借不借的，我把其中一仓送与你好了。"

周瑜被鲁肃的言行深深感动，两人就此交上了朋友。

后来周瑜当上了将军，他不忘鲁肃的恩德，将他推荐给孙权，鲁肃终于得到了干大事业的机会。

濒临饿死时送一只萝卜和富贵时送一座金山，就内心感受来说，完全不一样。前者是急需之物，能够解决生死大事，无疑更让人感之于心。

○ 何妨放一份"人情债"

"汽车界的经营奇才"亚柯卡曾说:"所谓经营,无非是一种人际关系的网络而已。"

其实,不管是经营事业,经营人生,都不过是一种人际关系的网络。你把人际关系搞得好,到处有人相助,自然成功。

乌井信治郎是日本桑得利公司的董事长,深受部下爱戴,员工都称呼他"父亲",因为他对部下的关怀确实有如慈父般温暖。有一次,新职员作田的父亲不幸去世。他不想让同事知道他家有丧事,以免麻烦人家。但在出殡当天,乌井率领桑得利的全体员工到殡仪馆帮忙。他还像死者的亲属一样,站在签到处,对前来祭拜的人一一磕头答礼。丧礼结束后,乌井对作田说:"没有车子,你和伯母如何回家呢?"说完,立刻跑去叫了一辆计程车,亲自送作田和他的母亲回家。

后来,作田当上主管后,常对部下提起此事,并说:"从那时起,我就下定决心,为了老板,即使牺牲性命也在所不惜!"

> 大凡成功人士,都善于放"人情债",到处播撒人情的种子,这是他们人际关系畅通、事业有成的一个重要因素。

炒 机会是炒出来的

有人说，"是金子总会发光"。这种观念不过是自我安慰罢了。假如金子埋没在泥土中，它如何发光呢？在这个人人争夺生存空间、强调"注意力经济"的社会，你不必指望别人来给你"发光"的机会，你要主动站到台前亮相，把自己炒红，炒火，炒得金光闪闪，然后你才能免于"祇辱于奴隶人之手，骈死于槽枥之间"的命运。

● 有实力就别怕自我表现

在这个人人争夺生存空间的社会，你不要指望别人来给你机会，要主动站到台前亮相，把自己炒红，炒火，然后你才有成功的机会。

勇猛的老鹰，通常都把它尖利的爪牙露在外面；精明的生意人，首先用漂亮的包装招徕顾客。威廉·温特尔说："自我表现是人类天性中最主要的因素。"人类喜欢表现自己就像孔雀喜欢炫耀自己美丽的羽毛一样正常。

然而，传统的中国观念却扭曲了人的本性，人们过于注重谦虚，不敢炒作自己，要被动地等待伯乐来发现。

但是，"千里马常有，而伯乐不常有"。在这个人人争夺生存空间的社会，你不要指望别人来给你机会，要主动站到台前亮相，把自己炒红，炒火，然后你才有成功的机会。

○ 不会炒作，到死都没有机会

很多人虽然腹有诗书，胸藏智计，但是由于受传统思想的束缚，很好的才干被埋没了，等到年纪老迈的时候才发现，却为时已晚了。

韩信初时在刘邦手下做小官。他总希望上面有人发现自己的才干，却没考虑如何表现自己，结果一直怀才不遇，沉沦下僚。

一次，对前途灰心丧气的韩信伙同一些人当逃兵，被抓住后，依律当斩。临刑之时，排在韩信前面的 13 人，都一个接一个地被砍了头。眼看就要轮到韩信了。这时他觉得再不好好表现一下自己，小命可就不保了！于是他高扬起头来，圆睁二目，面对监斩官夏侯婴大声呼喊："汉王不是想争夺天下吗？为什么还要白白地杀掉英雄豪杰之士！"

这句话点中了刘邦的全部政治企图，可谓一语惊人。夏侯婴既感惊讶，又觉得奇怪，不免仔细地打量韩信一番。他发现此人相貌奇伟，仪表堂堂，像个英雄人物，于是将他释放。在交谈中，夏侯婴发现韩信非同一般，确实志大才高，便把他推荐给了刘邦。从此韩信成为刘邦的得力助手，并成为汉初三杰之一。

假如没有临死前的那一声呐喊，也许韩信早已成为刀下鬼了，历史又会增加一份遗憾；再假设如果韩信在平时能积极地表现自己，充分展现自己的才能，也许早就被重用，也就不会有险些被杀头的事情发生了。

谦虚过头不如大胆炒作自己

古时候有这样一个故事：一个乡绅有两个女儿长得很美，凡是到他家的客人都对他的女儿赞不绝口，而他却总是"谦虚"地说："哪里哪里，她们都是丑八怪。"时间久了，他的话被传了出来，于是一直到女儿老了也没有媒人登他家的门。古代的有识之士常把自己比做千里马，当碌碌无为一生后，却埋怨世上的伯乐太少没能发现自己，无奈只得"祗辱于奴隶人之手，骈死于槽枥之间"。我们不禁要问，既然你认为自己是千里马，那么为什么不主动去找伯乐推销自己呢？

诸葛亮是千里马，但他很幸运，碰到了刘备能够三顾茅庐，才使得他能够运筹帷幄，鞠躬尽瘁。如果三顾茅庐的不是刘备而是张飞，那么历史可会是另一个样子。

更何况，诸葛亮得到受重用的机会，也不是等来的，而是运用了很高明的炒作手段。他没有去找刘备"毛遂自荐"，而是让自己的老师、岳父、同学等帮忙介绍，这就免了"王婆卖瓜，自卖自夸"的嫌疑。他还故意装腔作势，要等人家"三顾"之后才肯出山。因为他知道，太容易得到的往往就不珍惜。所以他要让刘备多费一些周折，以显示自己与众不同的价值。可以说，他把自我推销、自我炒作发挥到了极高的水准。

有些人总是说什么"真人不露相，露相非真人"，试问：从不露相，"真人"又有何用？

119

◯ 不能等到万事俱备了再出手

在当今社会中，一个人仅仅拥有才华是不够的，他必须通过各种手段使自己的才华为人所知，得到社会的承认。如果一个人不能在自己的黄金时代，抓住机会，大胆地、主动地贡献出自己的聪明才智，而总是"藏而不露"，那就会贻误时机，等到有一天别人终于发现你时，也许你的知识和特长已经成为过时的东西了。

玛吉是一位很有天赋的话剧演员，刚出道时，一直在歌剧院扮演小角色，行家们为了发掘这位天才，决定让她在一部新歌剧中试演女主角。玛吉担心将戏演砸了，她希望在自己的艺术更成熟时再承担重任。她说："我不愿担任主角，因为那样的话，我将成为整个演出的关键，观众会注意到每一个音符。"

结果，玛吉在这场歌剧中仍然扮演小角色。这次演出非常成功，引起了轰动，但鲜花和掌声并不属于玛吉。

几年过去了，玛吉的歌艺终于成熟，但是，一批年轻的新星成为舞台的亮点，玛吉再也没有演主角的机会了。

在知识不断更新的今天，不管你怎样"学富五车"，也只能在一定时间内保持优势。能不能在你的知识没有过时之前获得施展舞台，将成为决定你成败的关键。

◯ 做完蛋糕要记得裱花

老实人总是以为，每一位员工的工作都在老板的视野里，只要努力，就一定能得到应有的奖赏。不幸的是，老板最容易患"近视"，虽然你拼了老命，他却视而不见。在信息社会，光会做事已经远远不够，得让老板知道你做了什么，否则，纵使你累得半死，也很难获得加薪、升迁的机会。

台湾作家黄明坚有一个形象的比喻："做完蛋糕要记得裱花。有很多做好的蛋糕，因为看起来不够漂亮，所以卖不出去。但是在上面涂满奶油，裱上美丽的花朵，人们自然就会喜欢来买。"

> 除非你打算继续坐冷板凳，蹲在角落里顾影自怜，否则，每当做完自认为圆满的工作，要记得向老板、同事报告，别怕人看见你的光亮；当有人来抢夺属于你的功劳时，也要坚决捍卫。

不让别人埋没了自己

霍伊拉说："如果你具有优异的才能，而没有把它表现在外，这就如同把货物藏于仓库的商人，顾客不知道你的货色，如何叫他掏腰包？"

小赵是一名打字员，初就新职时，由于技术不够纯熟，经常出错，常受到上司的批评。但他很想将工作做好，就利用休息时间练习打字。经过一段时间的练习，他的打字水平提高得很快，客户很满意，订单也多了不少。这时小赵采取了很积极的方法，他没有静静地等待上司来发现，而是自己制作了一个工作单，上面有每天的打字量，出错率，客户满意度。

然后，他把这份工作单呈给了上司，并解释说："我以前打字出错率很高，幸亏您的批评，我才有了进步。想来，我该多谢您！"

上司看了小赵的工作单后，很高兴，还让公司的其他员工向小赵学习，每个人都要填写工作单，以便能够发现自己的进步。

一般的情况，上司更容易发现员工工作中的不足，而对员工的成绩，多半是视而不见，这已经成为了一些上司的习惯。为了不让上司埋没自己，就要像小赵那样做，帮助上司发现自己的成绩，而且要有事实作为依据。

表现自己要有度

许多人总是掌握不好表现自己的度，把一腔热忱演绎得像是刻意做作。热忱绝不等于刻意表现。在需要关心的时候关心他人，在应当拼搏时洒上一把汗，真诚自然，谁都会赞许。

善于自我表现的人常常既"表现"了自己，又未露声色。他们与同事进行交谈时多用"我们"而很少用"我"，因为后者给人以距离感，而前者则使人觉得较亲切。要知道"我们"代表着"也有你一份"，往往使人产生一种"参与感"，还会在不知不觉中把意见相异的人划为同一立场，并按照自己的意图影响他人。

真正的展示教养与才华的自我表现绝对无可厚非，只有刻意地自我表现才是最愚蠢的。

抓住眼球就是胜利

无论你在职场打工还是自己当老板，能否抓住别人的眼球，都是你成功的关键。你让尽可能多的人看见你，听见你，感觉到你，并且喜欢你，那么，你离成功就只有一步之遥了。

时下流行一个词：注意力经济。

在这个信息爆炸的社会，各种新奇的事物层出不穷，牵动着人们的眼球，我们被淹没在信息的洪流中，已经很少有什么东西能引起我们好奇。很多很多的新东西，还来不及引起人们的注意就被淘汰了。从某种意义上来说，成功的希望就在于能否跳出信息的洪流，抓住人们的眼球。企业成功靠的是注意力经济，一个人的成功靠的也是引人注意。抓住眼球就是胜利。

◯ 抓住眼球的关键是给出较强烈的刺激

人们对某个人或某件事引起关注，是受到来自这个人或这件事的信息刺激。刺激越强，注意力越强，印象越深刻。这就是为什么漂亮女人的"回头率"总是比较高，因为她们给出的刺激比较强烈！

有位外地学生，给某公司领导寄去了三封求职信，都石沉大海，杳无音讯。他开始分析原因，觉得是自己的求职信写得平平淡淡，无法引起人家的注意。于是，他决定采用一个能引起注意的新办法。

在元旦即将到来之际，该公司领导收到了一封贺卡，贺卡上面有一幅漫画，漫画上是一位带眼镜的"伯乐"站在大门口，一个标有"良马"字样的高头大马三次走过大门，而伯乐视而不见。漫画题目为"伯乐睡着了"。贺卡上还写了两句话："您该睡醒了吧！最衷心地祝您'不惑'之年新年快乐。"

领导看了这封贺年卡，会心地笑了。他清楚这封信的真正意图。他给这位学生写了封回信，约他来面试。结果，这位学生成功地被聘用了。一年后，他做了这位领导的秘书，成为他的有力助手。

　　请记住，在任何时候，人们总是喜欢不同一般的东西，人们将这些东西叫做个性。无论是独特的语言和衣着，还是对待事物不同常人的看法，都能给人较强的刺激。所以我们要学会在最关键的时候表现自己的个性，这是一种非常聪明的做法。

○ 重复的刺激能让人把你牢记在心

　　心理学表明，人的记忆主要是通过重复的信息刺激实现的。通常情况下，受到第一次信息刺激，五分钟后将遗忘75%以上。只有经过多次信息刺激，才会将一个人或一个事物牢记在心。由此可知，你想抓牢别人的眼球，应该多争取亮相的机会。

　　英国著名演员约翰娜在刚出道时并没有什么名气，常常没有工作可做，又不知道怎样打开一条路。约翰娜去向一位社会问题专家请教，怎样才能做得更出色？专家建议她，每当得到拍片的机会时，哪怕扮演的是最不重要的角色，也要同主角一起拍几张照片，然后把这些剧照寄给各制片厂及一些导演。

　　从那时起，约翰娜每当有了工作机会时，便主动要求跟主角、知名演员拍几张照片，然后印成十寸的剧照，并且注明所拍电视片的片名、主角姓名和播出的日期、频道，还用大写字母标明"约翰娜扮演的角色"。这些相片复制多份，到处散发，反复给人以刺激，就给人留下了很深的印象。人们牢牢地记住了她。这一来，主动找她签约的制片厂就多起来。

　　现在，约翰娜已经是大明星了，她当然根本不必再担心找不到工作了。

　　无论你在职场打工还是自己当老板，能否抓住别人的眼球，都是你成功的关键。要尽可能的抓住一切机会让更多的人认识你，记住你，并且认可你。那么，成功的幸运神也就会更多的眷顾你了。

● 换个法子炒自己

　　对实力不足的人来说，省钱为第一要务，那就只能做一点"出格"之事，引起人们的强烈注意，让别人免费炒作自己。

　　与众不同更能吸引人。

　　款式新颖，造型独特的商品常常是市场上的畅销货；见解与众不同、构思新奇的著作往往供不应求……总之，独特、新颖便是价值。物如此，人亦然。在进行自我炒作时，不妨另辟蹊径，展示魅力。

○ 想出名就不要怕"出格"

　　对有实力的人来说，花钱炒作是出名的一大途径。对实力不足的人来说，省钱为第一要务，那就只能做一点"出格"的事来炒作自己了。

　　"化妆品女王"安妮塔开第一家"美容小店"时，仅有4 000英镑资本，根本没有钱打广告。事有凑巧，就在小店即将开业的前一周，安妮塔收到一封律师来函。原来，"美容小店"不远处有两家殡仪馆，他们认为"美容小店"这种花哨的店名，势必破坏殡仪馆的庄严肃穆气氛，从而影响生意。所以他们打算联名起诉安妮塔。

安妮塔灵机一动，打了一个匿名电话给布利顿的《观察晚报》，声称黑手党经营的殡仪馆正在恫吓一个手无缚鸡之力的可怜女人——罗蒂克·安妮塔，这个女人只不过想开一家经营天然化妆品的"美容小店"维持生计而已。

《观察晚报》在显著的位置报道了这则新闻，不少富有同情心和正义感的读者纷纷来"美容小店"安慰安妮塔。因此，小店尚未开业，就在布利顿出了名。而那两家殡仪馆考虑到舆论的影响，也没敢再来找安妮塔的麻烦。

> 从某种意义上来说，成功即意味着"出格"：或挺立于众人之上，或超然于众人之外。所以，你不能总是做别人认为应该做的事情。为了抓住别人的眼球，就要做大家都不做的事，甚至是很"出格"的事。

○ **制造有趣的情节，让别人传你之名**

让别人主动传你之名，但无法无疑是一种效果最佳的炒作方法。但是，你得先制造出一个既让人感兴趣、又方便传诵的好故事，让它成为人们茶余饭后的谈资和街头巷议的话题，这样出名就快了。

唐代大诗人陈子昂初到都城长安时，是默默无名一穷书生。

有一天，陈子昂出外散步，看到一个人在卖古琴，要价100万钱。附近的士绅文人都被这把价格昂贵的古琴吸引过来，围着它评头论足，却没有还价。一来他们不知道这把琴值是否值100万钱；二来他们认不出这是不是一把古琴，万一买了一把假琴，岂不是花钱买笑话？

这时，陈子昂拨开人群走进去，说："这把古琴我要了，就 100 万钱。"众人都大吃一惊，弄不清这人是慧眼识宝还是个大傻瓜。

陈子昂看出别人的心思，便向众人抱拳施了一礼，自我介绍道："我叫陈子昂，现寓居某里某店。这是一把上好的古琴，音质不同凡响，100 万钱不贵。各位如有兴趣，明天请来我的寓所听我弹琴，我一定盛情款待。"

这件事不同寻常，马上哄传开来。第二天，当地的头面人物几乎全来到陈子昂的寓所，想听听这把价值百万的古琴到底能弹出如何美妙的曲调。陈子昂摆出酒宴，请他们一一入席。

酒过三巡，陈子昂捧出那把古琴，说："我陈子昂自幼苦读，学成满腹诗书，至今没有遇到一个识货的人。我想弹琴品竹，不过是末流之技，哪值得污染各位的耳朵呢！"说着，举起手，将古琴在地上摔得粉碎。在场之人，无不发出惋惜的惊叹声。

这时，陈子昂捧出自己的诗稿印本，一一分发给各人，请他们品评指点。

自此，陈子昂名闻全长安，确立了自己在诗坛的地位。

有名有实，才是自我炒作应追求的目标。

● 伸手越多，机会越多

当机会擦身而过时，大多数人只是叹一声气，看着它远离自己而去，却没有想到，如果紧追一步，也许能抓住这快要失去的好运气呢！

在这个世界上，20%的人拥有 80%的财富；在任何一家企业或其他组织，20%的人控制 80%的资源。能够成功跨过这条"二八线"的人，有一个明显的共同特点——积极主动。他们不是"坐店经营"，等别人"上门采购"，而是主动上门推销，寻找施展才能的机会。

○ 机会偏爱积极主动的人

人生中的机会很多，你伸手去抓它，不一定每次都能抓住。但是，你伸手的次数越多，逮住它的可能性越大。

一位日本学生，初到法国留学时，还不会说法语。刚住进留学生公寓楼的那一天，他因事到管理员室去，屋里却没人。这时，电话响了，他习惯性地抓起电话接听，忘了自己不会说法语。

幸好对方说的是英语，他完全能听懂。那是一位美国外交官，说自己将离开法国去日本赴任，希望找一个日本人讲授日语，问他能不能帮忙，原来外交官将他当成了宿舍管理员。他马上答应下来。通过这位外交官，他走进了法国的上流社会，结识了许多有价值的朋友，得到了更多的机会。

这位日本留学生也许不止一次接这种看似不相干的电话，但一次机会就足以补偿他积极主动的好习惯。

一个缺乏积极主动性的人，总是对不相干的事不闻不问，对不相干的人爱理不理。但是，按照辩证的观点，事物是相互联系的，世上没有不相干的事。许多你难以预知、难以察觉的事在影响着你，如果你以"不相干"的态度漠视它们，机会就跟你不相干了。

　　当机会擦身而过时，大多数人只是叹一声气，看着它远离自己而去，却没有想到，如果紧追一步，也许能抓住这快要失去的好运气呢！

　　某著名大公司招聘十名职业经理人，应者云集。经过初试、笔试等四轮淘汰后，只剩下六个应聘者。所以，第五轮将由老板亲自面试。

　　面试开始时，主考官却发现考场多出了一个人，于是就问道："有不是来参加面试的人吗？"这时，坐在最后面的一个男子站起身说："先生，我第一轮就被淘汰了，但我想参加一下面试。"

　　人们听到他这么讲，都笑了，就连站在门口为人们倒水的老头也忍不住笑了。主考官不以为然地问："你连第一关都过不了，有什么必要来参加这次面试呢？"

　　这位男子说："因为我拥有别人没有的财富。"大家又一次笑了，都认为这个人不是头脑有毛病，就是狂妄自大。

　　这个男子说："我虽然只是本科毕业，只有中级职称，可是我却有着十年工作经验，曾在 12 家公司任过职……"

　　这时主考官马上插话说："你先后跳槽 12 家公司，这可不是一种令人欣赏的行为。"

　　男子说："先生，我没有跳槽，而是那 12 家公司先后倒闭了。"

　　在场的人第三次笑了。

　　主考官说："你真是一个地地道道的失败者！"

　　"不，这不是我的失败，而是那些公司的失败。正是这些失败却使我积累了避免失败与错误的经验。"男子认真地说。

　　这时，站在门口的老头走上前，给主考官倒茶。

　　男子停顿了一会儿，接着说："这十年的经历和 12 家失败的公司，培养、锻炼了我对人、对事、对未来的敏锐洞察力，举个小例子吧——真正的考官，不是您，而是这位倒茶的老人……"

在场所有人都感到惊愕，目光转而注视着倒茶的老头。那老头诧异之际，很快恢复了镇静，随后笑了："很好！你被录取了，但是——你是如何知道这一切的？"

老头的言语表明他确实是这家大公司的老板。这次轮到这位考生笑了。

大凡成功的人，都是因为抓住了机会才成功的，而这名男子在面试的第一轮便被淘汰了，按理说，他已失去了机会，但他却勇敢地紧追一步，全力为之，于是抓住了成功。

○ 主动向"伯乐"推销自己

美国著名的人才调查中心的研究已经表明，成功人士都具有"推销"自我的意识，这种意识对他们事业成功具有很大的帮助。有人说，谁在推销上占据优势，谁就具备生存的优势。

青年歌手那英的成功，与她抓住机会大胆推销自己有着直接关系。在演出现场，一名准备上台的歌手因故临时不能上场，"救场如救火"，在主办方焦急无奈时，那英同歌队长说："这首歌我也能唱，让我上场吧！"歌队长没有更好的办法，只好同意。那英也由此一炮打响。

那英抓住机会的自荐，使她的命运走入了另一个轨道。

没有什么比自己埋没自己更可悲的了。如果你抱怨自己不能被伯乐发现，关在屋子里生闷气总不会有任何好处。积极地寻求出路，适时地表现自己才是你应该做的。

抓住机会，切勿松手

> 机会来临时，很多人想，"我不行"，"我抓不住"，诸如此类，最终打消了尝试的念头，以免丢脸和浪费时间。像这种做法，将白白错过许多大好机会。

太好的机会不容易抓住，就像烈马不容易驯服一样。有时候，一个梦寐以求的机会出现在眼前，你看见了它，感觉到了它，甚至伸手抓住了它。但是，它强烈地挣扎着，似要脱手而去，让你感到力不从心，让你想放弃。这时候，请用尽你的全力，抓牢它，在它挣脱之前，切勿自动松手，因为这极可能到了一个能大大提升你的关键，而且机不可失，时不再来。

先假设自己能行，然后证明自己能行

当今社会，人才流动频繁，你不具备招聘方要求的知识是很正常的，只要你在短期内能够学会，就不要放弃，因为机会稍纵即逝。

被称为"打工皇后"的吴士宏，在成为 IBM 中国销售总经理、微软中国公司总经理、TCL 信息产业集团公司总裁之前，只是一家小医院的护士。用吴士宏自己的话说，那些年她除了自卑地活着，一无所有。

她的好运开始于 1985 年。那一次，她鼓足勇气走进了世界最大的信息产业公司——IBM 公司的北京办事处。面试像一面筛子，两轮笔试和一次口试，她都顺利通过了。最后主考官

问："会不会打字？"她条件反射地说："会！""那么你一分钟能打多少？""您的要求是多少？"主考官说了一个标准，她马上说"我可以"。因为她环视四周，发觉考场里没有一台打字机。果然，主考官说下次录取时再加试打字。

而实际上她从未摸过打字机。面试结束，她飞也似地跑回去，向亲友借了 170 元买了一台打字机，没日没夜地敲打了一星期，双手疲乏得连吃饭都拿不住筷子，她竟奇迹般地敲出了专业打字员的水平。可是一直到最后，IBM 公司也没有考她的打字速度。吴士宏就这样成为了这家世界著名企业的一个最普通的员工。

如果吴士宏因为不会打字而与 IBM 公司擦肩而过，该是多大的遗憾啊！

那些功成名就的人，几乎都是在能力不足时承担重任的。他们"从战争中学习战争"，"从管理中学习管理"，"从表演中学习表演"，并终于成就一番事业。

切莫因猜测而退却

机会来临时，很多人想，"我不行"，"我抓不住"，诸如此类，最终打消了尝试的念头。

你不一定能抓住每一个机会，但是，只要勇于尝试，你抓住的机会一定比别人多，这是毫无疑问的。

吴鹰是 WT 斯达康公司中国区总裁，曾被美国《商业周刊》评选为"亚洲之星"。他刚留学美国不久，得到一个应聘的机会———一位教授想请一位助教。参加应聘的总共有 30人，其中还有一些中国留学生。考试前几天，几位中国留学生打听到，这位教授曾在朝鲜战场上当过中国队的俘虏，因此断定他必然会为难中国人，纷纷退出竞聘。

吴鹰不愿主动放弃，如期参加了考试，并被教授选中。教授告诉他："其实你在所有的应聘者中并不是最好的，但你不像你的那些同胞，他们看起来好像很聪明，其实愚蠢透了！你们是为我工作，只要能给我当好助手就行了，还扯上几十年前的事干什么！我很欣赏你的勇气，这就是我录取你的原因。"

> 机会只能是主动获得，而不该主动放弃。主动放弃机会的人是懦夫，不会做成什么大事。当机会出现在我们面前时，我们应该紧紧抓住它，切莫松手。

○ 多试几次机会更大

一个推销员扛着一整套茶具上门推销，却一个也没有推销出去。为什么呢？不是因为他的商品不够多，也不是因为他的茶具不够精美，因为对方想要的是一个酒杯而不是茶具。

战国时的改革家商鞅，原是卫国人，年轻时便有大才，可惜得不到重用。他听说秦孝公励精图治，广揽人才，便带着十几车书，浩浩荡荡地跑到秦国来应聘。他这种举动比较出奇，人们议论纷纷，连秦孝公也有耳闻，起到了比较好的炒作效果。

商鞅第一次见秦孝公时，大谈 "仁道"——这是孔夫子的当家学问，商鞅颇有心得，讲得口沫横飞、条条是道，可秦孝公却听得差点睡着了。商鞅察颜观色，顿时明白：人家不爱这个，于是他知趣地告退。

过了十几天，商鞅又得到一个见秦孝公的机会。这次他不讲"仁道"，而讲起了"王道"，大谈治国平天下的学问，谁知秦孝公也不感兴趣，商鞅只得再次告退。

过了一个多月，商鞅好不容易才得到再次见秦孝公的机会。这次他不谈"王道"而改谈"霸道"，这是法家以法治国、富国强兵的一套学问，一下子吊起了秦孝公的胃口。两人促膝相谈，越谈越投机。不久，秦孝公授命商鞅改革，成就了历史上有名的"商鞅变法"，为秦国日后兼并六国、统一天下奠定了基础。

在自我推销时，如果你对某个"买主"特别感兴趣，千万不要一次不成就拉倒，这对双方来说，也许都失去了一个机会。

● 把自己适当看高一点

现代社会，机会多多，老母鸡变凤凰的事情天天都在发生，无论你目前的境遇如何不利，也不妨以乐观的心情设想明天。

"把自己看太高了，便不能长进；把自己看太低了，便不能振兴。"这是古人的一句经验之谈，其意是要实事求是地看待自己。

要把握一个评价自己的准确的度，是极难的，那么，你不妨把自己适当看高一点，这对培养你的自信心有好处。当你走到人前时，昂首挺胸总是要比低眉顺眼好。一个人若是自己看不起自己，别人怎么会看得起他呢？

◯ 在自我推销时，要突出自己的"亮点"

只要有一丝希望，就不要放弃，任何看似坚不可摧的东西，在自信心的作用下都可能改变。只要有信心，事情往往就成功了一半！

福州著名的四维广告公司招聘"企划文案"人员。王力原本不符合招聘条件，由于失业近一个月，在生存压力下，无奈也抱上一大叠应聘材料和证书前去应聘。但当他赶到这家公司时，所有应聘者的初试已经结束。

他不甘心就这样放弃，回到家后，他找到了这家公司老总的名字和电话。第二天早上，他很客气地打电话找到黄总经理，希望能再给他一次机会。黄总说："你如果真的觉得自己能胜任这个工作，就直接来找我们的人事主管。"

来到公司后，人事主管亲自对他进行了面试。在自我介绍后，主管面有难色地说："对不起，你不符合我们的要求，我们的招聘条件不仅仅是有硕士学历，更要有两年以上工作经验。"

王力虽有一些气馁，但并没有绝望。他笑道："我虽然只是本科毕业，但我在学校担任过学生会主席，大学时勤工俭学做过日用品直销员，兼任过报刊特约记者，在广告公司实习时也从事文案工作，并取得了不错的成绩……我相信自己完全能胜任这一份工作。"说完便递上精心设计的求职材料。

但人事主管仍然客气地表示了遗憾。

王力差点完全失望了，当他准备起身离去时，决定还是做最后一搏。他鼓起勇气说："文凭只是代表一个人受教育的程度，并不能代表一个人的真正能力。我相信贵公司要的是能为公司创造财富的人才，而不是硕士文凭。"

面对王力灼热、自信的目光，人事主管动摇了，终于决定破格录用他。

很多人受学历、经验等因素所限，认为自己肯定不会被别人欣赏，因而看到一个好机会时，不止一次地打消了自我推销的念头。假如你也有过这种"临阵脱逃"的经历，请记住戴尔·卡耐基的一句话：不要怕推销自己，只要你认为你有才华！

○ 行情不好也别失去信心

"英雄无用武之地"的现象，在任何一个时代都会发生。在这种境遇下，很多人降低自我评价和自我要求，进而改变了人生追求。这是很可惜的。

春秋时代的名相百里奚，原是吴国大夫，吴国被晋国所灭，百里奚成为俘虏。秦晋联姻，百里奚以奴隶身份，被作为陪嫁送给秦国。路上，他趁机逃走，来到楚国，替人放牛牧马。

后来，秦穆公听说百里奚是个贤才，就以五张羊皮的价格将他买回来，准备予以重用。不过，当秦穆公发现百里奚已是个白发苍苍的糟老头时，不禁大失所望："哎，可惜年纪太大了呀！"

百里奚知道机会到了，他毫不客气地说："我只有 70 岁。如果大王让我上山打虎，我是老了一点；如果让我出谋划策的话，我比姜太公遇文王时还年轻十岁呢！"

秦穆公听他口气不小，吃了一惊。再跟他一谈治国之策，发现果然不凡，当即任命他为相国。

当境遇不利时，也不要对自己失去信心，而要抱着一飞冲天的信念，这才是正确的理念。现代社会，机会多多，老母鸡变凤凰的事情天天都在发生。无论你目前的境遇如何不利，也不妨以乐观的心情设想明天。

● 莫做一头默默耕耘的牛

> 请记住日本"经营之神"松下幸之助的一句名言："公司的主力人物，往往不是知识最丰富的人，而是遇到危机时能超越本身的利害关系有所决策的人。"

人们都曾经有过这样的经历和体验：当你刚刚步出学校大门，当你刚刚成为一个新社团、新企业中的一员，你会感觉到你与周围的人并没有什么两样。他们自然不会比你高一头，你也肯定不会比他们矮一截。可是没过几年便会分出层次，有的人成了部门的主管，有的人成了领导的得力助手，有的人成为了技术能手。这不能不让那些只问耕耘，不在意收获，至今还默默无闻的人黯然神伤。那么如何才能不埋没自己，也不让别人埋没自己，走出众人行列？

◯ 争取比别人做得好一点

曾经有一名年轻的铁路邮务员，开始时他与千百个同事一样，用古老、陈旧的方法分发邮件、信函。由于是手工分发，出现不少错漏。许多邮件、信函往往耽误几天、几周，甚至被误投误送。

这位普通职员决定解决这个问题。通过不断摸索与实践，他发明了一种将邮件、信函集合递送的方法。他就是后来成为美国电话电报公司总经理的贝尔。这一小小发明，竟一下子改变了他作为一名普通职员的命运，成为他一生中最伟大的事。

如果你能够在一个偶然或者必然的场合，显示出自己不同一般的能力和才干，你就会引人注目，你就会得到上司的看重。或许，这就使你成为一个出类拔萃的人。

○ 别把你的无能显现在上司面前

有些人工作中遇到一点困难就找领导，事事依赖领导，总是希求能有个好上司——凡事能请教，事事能带头的人。可是，日子一久，你会发现自己在工作上全无进步，也永远没有担当更重要职务的希望。

一天，一名叫丽塔的女雇员匆匆走进经理的办公室，一屁股坐在椅子上。她在公司客户服务部工作。几周来，客户们纷纷来电话抱怨货物发运有误，弄得她应接不暇。她对这种情况感到厌烦透了，要求经理采取措施，并说自己无法做下去了。

"好吧，丽塔。"经理像往常一样说，"我会搞清楚是怎么回事的。"

她道了谢，起身离去了，心里感到了一丝丝安慰。但她因此暴露了自己的心态：我的工作能力不强，什么事也做不好。

这无异于在告诉别人，我不打算承担更多的责任。于是，她也失去了被授予更多责权的机会。

工作中人人都会遇到问题，关键在于你怎么办。专家的忠告是：靠自己解决问题。因为问题能显示出你的才干，问题是给公司做出重要贡献的机会。所以，在工作中遇上一些小问题，应大胆地出主意，别以为凡事禀明上司就是尊重他。你能够在某些方面表现得体，他会更开心的。此外，要主动去承担更多工作，让人家看到你独立的一面，这将使你得到更多受重用的机会。

○ 做好本职工作以外的事情

日本"经营之神"松下幸之助有一句名言："公司的主力人物，往往不是知识最丰富的人，而是遇到危机时能超越本身的利害关系有所决策的人。"

有一位相貌平平的青年叫库拉。有一天早晨，库拉到达办公室的时候，发现一辆破毁的车身阻塞了铁路线，使得该区段的运输陷于混乱与瘫痪。而最糟的是，他的上司、该段段长司特又不在现场。

库拉不过是一个送信的小职员，面对这分外的事情该怎么办呢？因为调动车辆的命令只有司特段长才能下达，他人干了，很有可能受处分或被革职。但此时货车已全部停滞，载客的特快列车也因此延误了正点开出时间，乘客们十分焦急。

经过反复思考，库拉将自己的职业与名声弃之一边，他破坏了铁路最严格的规则中的一条，果断地发出了调车的电报，并在电文下面签了司特的名字。

事后，库拉从旁人口中得知司特对于这一意外事件的处理感到非常满意，他由衷地感谢库拉在关键时刻的果敢、正确行为。

这件事对貌不惊人、甚至有点丑陋的库拉来说是一个终生的转折点。从此，他升为司特的私人秘书，24岁时就接替了司特的职务，提升为段长。

一位心理学家指出："能够吸引人家注意的人，是因为他每时每刻都在思索，即使是再小的事情也要倍加小心。这样类型的人在寻找自己份内工作以外的、使自己的上司满意或上司想做但又没有付诸实施的事情，他们往往会得到上司的青睐和提拔。"

做人家希望、指派以外的事，特别留心额外的责任，注意到自己工作以外的事，也将这些事做得至善至美，令人敬佩。

拍 感情是拍出来的

"二流人才用一流人才",这是中国企业界一种比较普遍的现象。为什么会出现这种现象?据一份人才调查报告显示:"中国每100位头脑出众、业务过硬的人士中,就有67位因人际关系不畅而在事业中严重受挫,难以成功。他们共同的心理障碍是:难以启齿赞美别人。"精通"拍"术,历来被认为是一种小人手段。但在今天,它却是一项与人相处的重要本领。

多准备几顶"高帽子"

赞美别人是无本的投资,巧给别人"戴高帽",更是无形的买卖,以无形化有形,此中妙处,有无穷之利。

赞美的话不要钱,但值钱。法国作家安德列·莫洛亚说:"美好的语言胜过礼物。"真诚的赞美,过去、现在和将来都是获得友情的有效方法。

人们都有一种显示自我价值的需要。真诚的赞美不仅能激发人们积极的心理情绪，得到心理上的满足。还能使被赞美者产生一种交往的冲动，能使别人如沐春风。既取悦别人，又使自己如愿以偿。如此美事，何乐而不为！

○ 切勿吝惜溢美之词

在卡耐基的沟通培训班上，有一位来自匹兹堡的学生，他叫比西奇。比西奇似乎显得特别的笨。他终于带着失望的心情来到卡耐基的办公室，对卡耐基说："卡耐基先生，我想退学。"

"为什么？"卡耐基奇怪地问。

"我……我感觉比别人笨多了，根本学不会你的教程。"

"我觉得不是这样的，比西奇！"卡耐基说："在我的感觉中，这半个月来你比以前有了明显的进步。在我的心目中，你是个勤奋而又成功的学生。"

"真的是吗？"比西奇既惊喜又疑惑地问。

"真的是这样的！照着这样发展，到毕业时，你一定会取得优异成绩的。"卡耐基继续说："在我小时候，人们都认为我是个笨孩子，那时的我是多么的忧郁！后来，我摆脱了忧郁，同时也摆脱了'笨'。你比我当年强多了！"

听了这番话后，比西奇内心深处升起了希望。他凭着自己的努力和卡耐基的尽心指点，学完了全部教程，毕业成绩虽不是很优异，也足以让人刮目相看了。

后来，比西奇成为了一位颇具实力的企业家。

拿破仑·希尔认为，人类本性最深的需要是渴望别人的欣赏。即使是用最普通、最平常的语言夸奖别人，对于你来说，是平常又平常的事，但对于别人来说，意义却非同凡响，它可以使别人愉悦，使别人振奋，甚至可以因为这句话而改变自己的一生。从这个意义上来说，赞美是最大的慈善。

○ 会戴"高帽子"与事业兴旺有很大关系

常言道：十句好话能成事，一句坏话事不成。高帽子谁都喜欢戴，恭维话人人都爱听，这是人们的共同心理。恰如其分的恭维让人精神愉悦，同时能赢得对方的信任和好感。

世界"化妆品女王"玛丽·凯就极善给人"戴高帽"，在她所提倡的以人为本的管理方式中，赞美的艺术是其中的一个重要内容。

有一次，公司新来的业务员在跑营销屡遭失败后，对自己的营销技能几乎丧失了信心。玛丽·凯得知此事后，找到这位业务员并对他说："听你前任老板提起你，说你是很有闯劲的小伙子。他认为把你放走是他们公司的一个不小的损失呢。"

这一番话，把小伙子心头那快要熄灭的希望之火又重新点燃了。他重新振作起来，终于使自己的营销工作打出了一个缺口，获得了成功。

其实玛丽·凯根本就没有与什么这位业务员的前任老板谈过话，但这顶"高帽子"却神奇地让他找回了自尊与丢失的自信，最终获得了成功。

扣高帽确实有神奇的功效，但也要讲究扣的技巧。

首先，恭维别人讲究实际，同时要有旁敲侧击的能力。

其次，言不由衷的话千万别说，恭维别人的短处会使人认为你在嘲笑他，并且会认为你是一个浅薄无知的人。

拿破仑·希尔认为，恭维别人的度是：一不可恭维过多，二不可不切实际地恭维，三不可乱恭维。这应该可以作为给人"戴高帽"的三大原则。

◯ 信赖是最好的赞美

美国《福布斯》杂志因推出"全美 400 首富排行榜"而蜚声世界。它的几任老板都是很有亲和力的人,他们的领导风格是:完全信赖,大胆任用,对员工的优秀表现给予真诚的赞美。

它的第一任老板柏地·福布斯曾说:"一般人一被夸奖,就算他没那么好,他也会因此尽力做好的。"本着这种理念,他从不吝于赞美那些值得赞美的人。

《福布斯》的第二任老板布鲁斯·福布斯是个很有魅力的人。每逢发圣诞节奖金时,为了避免给人以施舍的印象,他会走到每个人的桌子面前——连邮递室的员工也不漏掉,一一握住他们的手,真诚地说:"如果没有你的话,杂志就不可能办得这么好!"这句话让每个人都感到心里暖洋洋的,荣誉感和责任感也油然而生。

第三任老板马孔·福布斯也极善赞美之道,并且运用得很巧妙。有一年,《福布斯》决定扩大版面,工作任务骤然加重。由于人手少,加上管理不完善,工作显得很忙乱,往往是稿件送印的当天,版面还错误百出。马孔·福布斯全权委托杰夫·克里斯比改善管理。克里斯比根据实际情况,制订了一套完善的管理制度,合理分配人力资源,终于使杂志社的各项工作变得井井有条。

不久后,在一家餐厅聚餐时,一名高级主管抱怨他们的公司作业杂乱无章,问题多多。马孔·福布斯马上回头对克里斯比说:"杰夫,你快告诉他你是怎么解决我们杂志问题的吧!"这意思是说,杰夫·克里斯比是这方面的专家,如何解决管理,只有他最有发言权。

后来,克里斯比感叹道:"马孔最会找机会赞美别人。"

现在，《福布斯》已成为全球最著名的杂志之一。它的成功，当然不是赞美的结果，但因赞美激发出的工作热情和公司成员的绝对忠诚，确实对《福布斯》的健康发展起了很大的作用。

> 赞美之词能够将自己的善意迅速传达给对方，是改善人际关系的一种有效方法。每一个地方都有可赞美之人，每一个人都有可赞美之处，只要你乐意运用这种方法，你的"高帽子"可以灵活地戴到任何人头上。那么，你的人际关系将畅通无碍，无处不可得人之用。

● 一"拍"值千金

> 用欣赏的眼光看世界，赞美身边的人和事，是上天赋予我们的权利，是幸福快乐的源泉，是通往成功的捷径。

日本东京的国民素质研究会在总结自己国家战后迅速发展的原因时说："我们日本国民的一大优点是，对外人不停地鞠躬，不停地说好话。可以说，善于发现别人的长处是日本走向世界的一个重要原因。"

欣赏所产生的力量足以强壮一个民族，振兴一个国家。那么，它更可以鼓舞我们身边的人，并改变我们的生活，使周围的一切变得更和谐。

◯ 拍出来的清华大学生

有一位母亲，在为上小学的儿子开家长会时，老师对她说：班上 50 名学生，你的儿子考了 47 名，如果再不努力的话，怕是跟不上了。

这位母亲回到家后并没有责怪儿子不努力，而是对儿子说：老师说了，你的基础并不差，只要你稍加努力，就能赶上你的同桌，这次你考了 21 名。

第二天，儿子起得比往日都早，吃过饭就背着书包去上学，一幅急于求战的样子。这在平日可不多见。

儿子上初中了，母亲在家长会上等老师叫她的名字。因为儿子一直在差生的行列，可到最后也没有叫到她。她去问老师，老师告诉她，以你儿子现在的成绩，考重点没什么希望。母亲落泪了！回到家，她对儿子说：老师今天跟我说，你很聪明，如果你现在努力的话，考清华是很有希望的。

那以后，儿子果然很用功，竟然真的考取了清华。

在母亲的欣赏和鼓励下，儿子一步步地走进了清华校门。欣赏所产生的力量是巨大的。任何人都不会排斥真诚欣赏自己的人，如果你没有别的方法来改变你的下级，你的爱人，你的孩子，那么，你可以改用欣赏他的办法来达到目的。

◯ 拍出来的歌坛明星

有一个女孩，很有艺术天赋，从小就登台演唱，在音乐界小有名气。父母送她到巴黎一位青年名师那里学习深造，以便提高专业素养，为未来的演唱事业奠定基础。

几年后，女孩与青年教师的感情日益深浓，成了恋人。

关系的变化并未使青年教师放松对她的学习要求。青年教师是个要求严格的人，音乐造诣很深，她的每一个小小的过失都别想逃过他的耳朵。她发现无论自己怎样努力都无法达到他的要求。渐渐地，她失去了信心。每次登台演唱，她刻意追求技巧的完美，结果反而失去了天赋的神韵。

女孩彻底失望了，终于放弃了自己的事业，嫁给青年教师，专心做一个家庭主妇。不幸的是，几年后，青年教师在一次车祸中丧生，她成了一名漂亮寡妇。

一天上午，她站在窗前忧伤地哼着一首少女时代爱唱的歌。这时，一位想向她推销商品的推销员被她的歌声迷住了。他敲开门，由衷地赞美道："你唱得太棒了！我从来没有听过如此动人的歌声！"

她很高兴。因为她已有很多年没有听谁夸赞过她唱歌了。于是，她慷慨地买了他不少商品。推销员惋惜地问："您的歌唱得这么美妙，为什么不去音乐厅唱歌呢？"

她忧郁地说："没有人请。"

推销员自告奋勇道："我可以为你安排。"

果然，不久后推销员为她安排了一次演唱会。演出这天，推销员抱着一大束鲜花，带了一大堆朋友来助兴。听到阵阵喝彩声和鼓掌声，她越唱越兴奋，越唱越好。

这次的演唱会开得成功极了！此后，不断有人来聘请她参加演唱会。每次演出，推销员都要抱着一捧鲜花来助兴。后来，她成为名闻全欧洲的歌唱家，并且做了推销员的妻子。

你看，一个只会批评的内行险些扼杀了一位天才，而一位懂得赞美的外行却拯救了这位天才。这就是说话的艺术！这就是赞美的力量！

假如你希望人际关系畅通，假如你希望受到大家的欢迎，假如你希望事业顺利，多练习一下赞美的艺术吧！

● 逢人先说三个"好"

> 大千世界，谁能穷尽变化之道？某个看似不相干的人，也许正是自己的福星呢！某个现在不相干的人，也许日后能主宰自己的机遇呢！所以，逢人先说三个"好"，是比较稳妥的做法：先把道路留出来，然后才是"车到山前必有路"。

逢人先说三个"好"，是一种很实用的做人经验。

当今社会许多人自以为是，一副高高在上的架子，小气到一个"好"字也不肯说给人家，总是皱着眉头，只顾审视人家的短处；或者歪着嘴巴说几句风凉话，这样的人难成大事。

说一个"好"字不用花钱，却能给对方带去一份善意，一份欣喜。当你送出这份"厚礼"，人家极有可能回报你一个惊喜。

○ 好运伴随"好"字来

欣赏别人是一种习惯，能够逢人先说三个"好"的人，往往心地善良，对人不抱恶意。这样的人也往往招人喜欢，别人也乐意帮助他。那么，他的事业肯定会比一般人做得更成功。

一家生产装载机的公司，有一位年轻的"王牌"推销员，他的销售额几乎跟其他推销员的销售额加起来一样多。可是，论学历，论经验，胜过他的人比比皆是；论口才，论相貌，比他强的也大有人在。无论讲哪一条，他都不应该那么突出。大家百思不得其解，只好酸溜溜地得出一个结论：这小子运气好，走到哪里都能捡到生意。

那么，这位年轻推销员为什么运气好呢？他是怎样"捡"到生意的呢？还是举一个例子来说明吧！

有一次，他去某地联系业务，当晚住在一家名叫"天河"的小宾馆。他觉得这里的服务各方面挺不错，心里就盘算：在这个小地方，有此等服务水准，也很不容易了，我要为他们说几句好话，表达一下自己的心情。他看见柜台上有一个留言簿，便拿来写上一首"打油诗"：天河宾馆质量好，接待热情又周到，住进天河如到家，真好！

服务小姐看了挺新奇，也挺高兴，主动跟他攀谈。年轻人又趁机夸她几句，并递上自己的名片。服务小姐看他是卖装载机的，就说："我有个亲戚在一家公司，他们兴许用得上你们这种机器，你可以去看看。"

当下，服务小姐写了一张字条，让年轻人去找她的那位亲戚。

年轻人大喜，拿着小姐写的字条，兴冲冲地找到那家公司。结果，这家公司一次性向他订购了三台装载机。

大千世界，谁能看透变化的玄机？擦肩而过的某个人，也许正是你危难时的救星。所以，不要吝啬多多肯定别人，在"山重水复疑无路"时，才会有"柳暗花明又一村"的豁然开朗。

○ "好"字带来百万年薪

查尔斯·史考伯是美国钢铁公司第一位总裁，钢铁大王安德鲁·卡耐基每年付给他 100 万美元，他是美国最早年薪超过

100 万美元的人。

他为什么获得如此高的年薪，他有什么过人之处吗？据史考伯自己介绍说：他不是天才，也不是钢铁制造专家。他得到这么多薪金，主要是因为他具有跟人相处的本领。

有人问他，跟人相处有什么神奇之处？史考伯说："我认为，我鼓舞员工的能力，是我所拥有的最大资本。而使一个人发挥最大能力的方法，是赞赏和鼓励。"

史考伯又说："再也没有比上司的批评更能抹杀一个人的雄心的了，我从来不批评任何人，我赞成鼓励别人工作。因此，我喜欢夸别人好，我讨厌挑错。如果我喜欢什么的话，就是我诚于嘉许，宽于称道。"

在现实生活中，有些人总是吝于赞美，却喜欢批评。正如有的人说："第一次我做错了，马上就听到指责的声音；第二次我做对了，但是我从来没有听到有人夸奖。"

应该说，这绝对不是成功人士的做法。

用欣赏的眼光看世界

在我们的生活中，最平常的人身上也有长处。他人的赏识，往往是我们努力奋进的动力，它会促使我们迸发出意想不到创造力，而取得成功。同样地，真诚地欣赏我们周围的每一个人，每一件事，也会让他人受到鼓舞。这时，我们就会发现，欣赏会让我们的生活更加美好。

有一次，维克去邮局寄一封挂号信，他发现那儿的工作人员对自己的工作感到很不耐烦。见此情景，维克心里说："我要使这位仁兄高兴，我必须说一些好听的话。"

维克问自己："他有什么值得我欣赏的吗？"维克仔细寻找

着，立刻找到了能让他欣赏的点。

当工作人员在磅秤上称维克的信件时，维克很热情地说："我真希望有你这种头发。"

那人听后抬起头，有点惊讶，面孔露出微笑，说："嗯，不像以前那么好看了！"

维克说："虽然失去了一点光泽，但看上去仍然很好看。"

那人听后高兴极了，他们愉快地交谈起来，就像相识多年的老朋友一样。

任何一个人，哪怕是再平凡的人，身上都有优点和长处。而一个人在一般情况下，都会感激欣赏自己的人，这会使我们的气氛变得融洽起来。

倾听是最好的恭维

即使一个最不讲道理、最顽固的人，也会在一个有耐心、具有同情心的听者面前软化下来，变得像小猫一样乖顺。

有一句名言说得好："善言，能赢得听众；善听，才会赢得朋友。"

如果你希望别人喜欢你，尊重你，在背后称道你，这里有一个方法：耐心倾听对方的话，不管他说什么都兴味盎然，哪怕知道他将说什么也绝不打岔。你将发现，即使一个最不讲道理、最顽固的人，也会在一个有耐心、具有同情心的听者面前软化而下来，变得像小猫一样乖顺。

因此，交际学上的一条最重要的规则是："做一个好的听者。鼓励他人谈论他们自己。"

有价值的人善于沉默

卡哈尔在一个晚宴上，见到了一个著名的植物学家。卡哈尔以前并不认识这位植物学家，只是发现他很有意思，于是专注地坐在椅子边倾听他谈论大麻、印度花草以及室内花园。他还给卡哈尔讲了有关马铃薯的一些惊人故事。卡哈尔在这次晚宴上什么也没做，只顾专心地听那位植物学家谈话，听了好几个小时。

植物学家最后临别时向所有的人宣布"卡哈尔是最有意思"的人，是一个"最有意思的谈话家"。这似乎让人奇怪，卡哈尔自始至终只是一个倾听别人讲话的人，却被说成是"谈话家"。这就说明倾听也是一种交流，也是一种对话。

杰克乌弗在《陌生人在爱中》里写道："很少有人经得起别人专心听讲所给予的暗示性赞美。"卡哈尔不只是专心听植物学家讲话，还不时地点头，并告诉他，他感到非常有意思，受益良多。卡哈尔还告诉植物学家，他希望拥有他的知识，因此，卡哈尔被认为是一位优秀的谈话家，而事实上他只是一位好听众，鼓励别人开口而已。

有价值的人善于沉默，他们懂得在什么时候开口，在什么时候闭上嘴巴。

以同情心接受他人的观点

拿破仑·希尔说："与人相处能不能成功，全看你能不能以同情的心理接受别人的观点。"

有一位主管，发现一位员工最近工作表现大不如前。他虽然对这位员工的业绩不满意，但并不打算急于责备。他把员工请到办公室，问："你一向对工作都很在意，从来不是一个马虎的人。但最近你好像很不开心……难道是家里出了什么事情吗？"

员工脸变红了，几分钟后，他才点头。

"我能帮忙吗？"主管又问。

"谢谢，不用。"接下来，员工开始滔滔不绝地谈他的苦恼。因为他发现他太太得了肝癌，而且是晚期。对这件事，谁也无能为力。主管只能默默听他述说。他们聊了一个多小时。谈话结束后，这位员工的情绪看起来好多了，后来他的工作有了长足的改进。

> 如果你希望人们接受你的思想方式，就应该"对他人的想法和愿望表示同情。"可是，同情心的萌发，有时也会受到情绪作用的制约。所以，当你看到一个令你觉得厌烦、心地狭窄、不可理喻的人时，不妨默读约翰·戈福看见一个喝醉的乞丐蹒跚地走在街道上时所说的这句话："若非上帝的恩典，我自己也会是那样。"

如何做一名好听众

执教北京大学心理治疗课程的徐浩渊博士认为，倾听不是被动地接受，而是一种主动行为。她说：倾听者不是机械地"竖起耳朵"，在听的过程中他的脑子要在转，不但要跟上倾诉者的故事情节、思想内涵，还要跟得上对方的情感深度，在适当的时机，提问、解释，使得会谈能够一步步深入下去。

具体来说，积极的倾听需要掌握如下要领：

·保持高度兴趣

如果你一边听，一边做别的或想别的，这一定逃脱不了说话人的眼睛。说话人会对你的不专心产生很大的不满。

·有耐心

鼓励对方把话说完，直到听懂全部意思。遇到你不能接受的观点，甚至有伤害你的感情的话，你也得耐心听完。你不一定要同意对方观点，但可表示理解。

·避免不良习惯

随便插话打岔、改变说话人的思路和话题，任意评论和表态，把话题拉到自己的事情上来，一心二用做其他事，等等。这些常见的不良习惯都会妨碍倾听。

·积极反馈

倾听时，脸向着说话者，眼睛看着说话人，以简单的语言或手势、点头微笑之类进行适时的鼓励，表示你的理解或共鸣。如果某个意思没听懂，你可以要求说话人重复一遍，或解释一下。

倾听不仅是一种交往态度，也是一种需要训练的技艺。许多接受过心理咨询的人都会体验到，一个好的心理医生就是一个最好的"听众"。他们总是积极关注着你的发言，积极地诱导你，鼓励你说出心中的苦闷、迷茫。他们为你的悲伤而悲伤，为你的快乐而快乐。

他们为何能达到如此境界呢？这当然是训练的结果。当然，只要你有了重视倾听的观念，掌握技巧已经不再是难事了！

拍到点子上方见功力

一份人才调查报告显示："中国每100位头脑出众、业务过硬的人士中，就有67位因人际关系不畅而在事业中严重受挫，难以成功。他们共同的心理障碍是：难以启齿赞美别人。"

既会拍上司马屁，又会拍下属马屁的"马屁精"，无论在国内还是在国外，都是最吃香、最受欢迎的人。因为他们能把"马屁"拍到点子上，跟上上下下的关系无不融哈，为自己、为工作开辟了一条通畅的道路，他们往往最容易取得成功。

一位老板对"马屁精"的看法

有人问一位老板：在员工中有没有他宠信的"马屁精"？别的员工是否对此有不满的议论？

这位老板淡然一笑，坦率地说："有！当然有！但是，我不会去理会那些议论。因为某些人工作能力明显不如别人，个人收益也明显少于别人，心理上会失去平衡，骂比他收入高、能力强的人拍我的'马屁'，他们把自己的缺陷反而打扮成人格的一种'高尚'，来弥补心理的失衡。

"但是，他们忘了一点，我怎么能够用自己企业的利益去交换'马屁精'的讨好呢？我不会蠢到掏自己腰包里的钱去供养只会'拍马屁'的无能之辈。我奖励，甚至重奖的是肯于为我做事的人，其中包括把有些员工中的真实情况向我据实反映的人。别人把他们看成是'拍马屁'，而我认为这是他对企业负责，对老板负责，这种表现在我看来应该叫敬业！"

155

　　"拍马屁"在今天有了新的含意，已不是传统意识上的贬义词。它在老板眼中，是敬业，是负责；在一般人眼中是处事圆通；在嫉妒者眼中是令人生厌的"马屁精"。我们不必一提"拍马屁"就嗤之以鼻，反而还应该学一点"拍马"之术呢。

○ 上司也该学点"拍马"术

　　"拍马"技术不仅下属需要学习，上司乃至老板也需要学习。国外有句很时髦的话：员工是上帝。做老板的，当然应该学一点能让"上帝"开心的技巧。

　　一份人才调查报告显示："中国每 100 位头脑出众、业务过硬的人士中，就有 67 位因人际关系不畅而在事业中严重受挫，难以成功。他们共同的心理障碍是：难以启齿赞美别人。"

　　想当年，刘备为招揽贤才，不辞辛劳，三度造访诸葛孔明。他的"三顾茅庐"终于打动诸葛亮的心，愿意下山为他效命。据古书记载，刘备事实上不只是拜访了三次，而是许多次。所谓"三次"，不过是小说家利于塑造故事情节而已。当时刘备已经 47 岁，而孔明才 27 岁。这种不因年龄的差距、地位的悬殊，而能克尽礼仪的姿态，谁能不被打动呢？

　　每一位领导者都不妨学一学刘备的低姿态，不管对方是年轻气盛的客户主管，还是刚刚走出校门的大学生，不要在意年龄与资历的差别，不要因为自己财力雄厚、学识丰富，而不把别人放在眼里。

拍住上司的五个绝活

《道德经》上有一句话："大巧若拙，大辩若讷。"意思是聪明的人，平时却像个呆子，虽然能言善辩，却好像不会说话一样。言外之意就是说人要匿强显弱，大智若愚。

无论过去还是现在，无论中国还是外国，跟上司搞好关系都是重要的，它将直接影响自己能否获得表现的机会，获得提升的机会，还会直接影响到工作业绩——很多事情上司不支持、不配合，是很难办好的。

要搞好上司关系，一个"拍"字是最简明有效的手段。你若能拍到点子上，拍得不动声色，必能让他高看你一眼。

把功劳归于领导

聪明的下属总是将成绩归功于领导。推功表明你目中有人，尊重领导，承认上司的权威地位，也显示了你对他的支持，并且可以避免因锋芒过露而使上司感到手中的权力受到威胁。你应明白，上司身边总需要一些忠心耿耿的追随者和支持者，一旦他把你当自己人看待，那就等于为你以后的发展做好了铺垫。

将自己辛苦得到的成绩归于他人，是有点舍不得，心里难以平衡。可是你细想一想，你做出了成绩，谁来表彰你？谁来给你发奖金？不是你的领导吗？你把功劳给了他，他会亏待你吗？如果你狼嘴里夺肉，是大饱了口福，之后呢？怕是连命都保不住。

作为领导，他们要保持自己在集体中的权威地位，对功高盖主的下属自然会有一种敌意和警惕，这也是从维护自身利益出发所要求的一种安全感。

○ 将过错留给自己

作为下属，不仅要善于推功，还要善于揽过，两者缺一不可。因为大多数领导愿做大事，不愿做小事；愿做"好人"，而不愿充当得罪别人的"丑人"；愿领赏，不愿受过。在评功论赏时，领导总是喜欢冲在前面，而犯了错误或有了过失后就都想缩在后面。此时，就需要下属出面，代领导受过或承担责任。

田叔是西汉初年人，曾经在刘邦的女婿张敖手下为官。一次张敖涉嫌与一桩谋杀皇帝的案子有关，被逮捕进京。刘邦颁下诏书说："有敢随张敖同行的，诛灭他的三族！"

可田叔不计个人安危，剃光了头发，打扮成一个奴仆模样，随张敖到长安服侍。后来案情查清，与张敖无关，田叔由此以忠爱其主而闻名。

汉武帝非常赏识田叔，便派他到鲁国去出任相国。鲁王是景帝的儿子，自恃皇子的特殊身份，骄纵不法，掠取百姓财物。田叔一到任，来告鲁王的多达百余人。田叔不问青红皂白，将带头告状的20多人各打50大板，其余的各打20大板，并怒斥告状的百姓道："鲁王难道不是你们的主子吗？你们怎么敢告自己的主子？"

鲁王听了很是惭愧，便将王府的钱财拿出来一些交付田叔，让他去偿还给被抢掠的老百姓。田叔却不受，说道："大王夺取的东西而让老臣去还，这岂不是使大王受恶名而我受美名吗？还是大王自己去偿还吧！"

鲁王听了心里美滋滋的，连连夸赞田叔聪明能干，办事周到。

像田叔这样，将功劳归于领导，将过错留给自己，哪一位领导会不喜欢呢？

○ 为上司挡驾护航

领导管辖范围的事情很多，但并不是每一件事情他都愿意出面，这就需要下属在关键时刻能够出面，代领导摆平，甚至出面护驾，替领导分忧解难，这样必能赢得领导的信任和赏识。

小张是某县委办公室的科员，经常会遇到上访者要求见领导解决问题的事情。领导精力有限，如果事事都去惊动领导，势必影响领导集中精力做好全局工作。每当有来访者吵闹着要见领导时，小张总是会果断地站出来，分清情况，解决纠纷，进行协调，必要时还使用强制手段把问题处理好，尽量不让领导直接面对棘手的问题。像小张这样的下属，哪个领导能不需要呢？这就是领导所赞美的实干家，他比整天跟在领导后面只知道看领导脸色行事，遇到点大事就往领导后面跑的人要好得多。

在工作中，经常会有一些比较艰难而且出力不讨好的任务，一般情况下领导也难以启齿对下属交代，只有靠一些心腹揣测领导的意思，然后硬着头皮去做。做好了，领导心里有数，但不一定有什么明确的表扬；做得不好，领导也不会怪罪，毕竟忠心可嘉。

159

把准领导的脉门

有一次，曾国藩召集众将开会，分析当时的军事形势说："诸位都知道，洪秀全是从长江上游东下而占据江宁的，故江宁上游乃其气运之所在。现在湖北、江西均为我收复，仅存皖省，若皖省克服……"

此时，曾国藩手下的爱将李续宾，早已明了曾国藩的意图。顺势道："大帅的意思，是想要我们进兵安徽？"

"对！"曾国藩赞赏地看了李续宾一眼，"续宾说得很对，看来你平日对此早有打算。为将者，踏营攻寨计算路程尚在其次，重要的是要胸有全局，规划宏远，这才是大将之才。续宾在这点上，比诸位要略胜一筹。"

瞧，李续宾一句话就赢得了这么多的信任和夸赞，实在是高明之举。

善于领会其意图，读懂领导心理需要长期练习。只有平时紧紧跟着领导关心的敏感点进行思考，才会有把握领导意图的可能性。

暗里拍马会更响

当着上司的面直接予以夸赞，既容易发生尴尬又很容易招致周围同僚的反感，从而使自己树敌太多。所以，赞美上司最好是背地里进行，如，在公司的其他部门，上司不在场时，大力地赞美一番，这些赞美终有一天会传到上司耳中的。同样，如果你说的是一些批评、中伤的话，迟早也会被传出去的。一个精明能干的上司，即使在他管不到的部门里，必定也会有一两个心腹的。

在顾客面前也是赞扬上司的好地方。到客户的公司，理所当然要向对方的高级主管或负责人称赞自己的上司。

和上司一起到顾客那里，若都是部属一个劲地抢风头，滔滔不绝，会令上司觉得难堪，难免在心里留下疙瘩。所以，最好的应对方式是细节部分由属下做说明，结论部分由上司来概况。

另外，以"经理，您认为如何？"征求上司的许可、认同，看似降低自己身份，做了穿针引线的工作，实际上却掌握谈话的主动权。

在归途中，要感谢上司给你的这个机会，并强调是因为上司的同行，才取得了这样好的效果。日后若同顾客达成了交易，要再次对上司表达谢意，感谢上司相助。

> "感谢的话，不嫌多"，反正是不花一文钱嘛，何必要吝惜呢？

狭路相逢拍者胜

> 从利益出发，你必须打痛对方，但通过拍的手段，却可以减轻敌意，以免发生更激烈的冲突，造成两败俱伤的结果。

当你不可避免地要跟人对抗时，你可以伤害他，可以打败他，但千万要替他保住面子。打个比方，你打掉人家两颗门牙，你得赶紧替他捂住嘴，好让他和着血将牙吞进肚子里。倘若这两颗门牙掉在地上让人瞧见，仇家就算结定了，后患无穷。

另外，在对抗的过程中，最好添加一些拍马屁的功夫，给足对方的面子。你把人家打掉一颗门牙和"拍"掉一颗门牙，所得到的待遇肯定是大不一样的。可以说，这才是安全的获胜之道。

○ 明打暗拍

明打暗拍，即在损害对方的同时，表明这是在维护对方的利益，使对方有苦难言。

海瑞在浙江淳安做县令时，有一次，闽浙总督胡忠宪的儿子到淳安来闲逛。他带着随从，仗势欺人，调戏妇女，胡作非为。海瑞听说此事，命公差将胡公子一伙抓进县衙审讯。

胡公子哪会将一个七品芝麻官放在眼里？他一上来就亮明身份："我是总督大人的公子，你的乌纱帽不想要了吗？"

海瑞和颜悦色地问："你知道严太师曾夸奖胡大人奉公守法吗？"胡宗宪是奸相严嵩的嫡系，在朝中势力很大，这也是胡公子敢于目中无人的原因。他神气地说："你既然知道我父亲是大清官，还不赶快给我松绑？"

海瑞突然沉下脸，将惊堂木一拍："胡大人是大清官，怎么可能有你这种胡作非为的儿子？你一定是假冒贵家公子来此地招摇撞骗的，来人！给我拉下去，重打40大板！"

衙役们不客气地将胡公子拉下去，打得他像杀猪似地嚎叫起来。胡公子的一位随从见势不妙，赶紧掏出一封信，对海瑞说："他确实是胡公子，这里有胡大人亲笔写的印信为证。"

海瑞并不看信，又一拍惊堂木："好大的狗胆，还敢假造胡大人的印信，再打40大板！"

80大板打完，海瑞将胡公子一伙解送到总督府，并附一封公文，说是查办了一起假冒总督大人亲属、印信案，请总督大人发落。胡宗宪虽然心里不满，却挑不出什么毛病，只好吃了个哑巴亏。

这就叫明打暗拍，目的达到了，别忘了拍两下，让对方多少舒服一些。这比撕破脸皮硬碰硬要明智多了。

○ 明拍暗打

　　明拍暗打，让对方心痛不敢出声。此招的要点是装着帮对方的忙，暗中损他一把。

　　有一天，法国某照相器材厂来了几位日本客人。在参观实验室时，一位客人俯下身，观看装在玻璃器皿中的一种显影液。实验室主任眼尖，看见这位客人的领带垂下来，很自然地在显影液里浸了一下。尽管只沾了一丁点，拿回去一化验，也很容易知道这种显影液的配方。

　　实验室主任不动声色，悄悄对一位女服务员交待了几句话。当那位日本客人走出实验室时，女服务员双手捧着一条崭新的领带给那位日本客人，笑吟吟地说："先生，您的领带弄脏了，请换上新的吧！"

　　日本客人无可奈何，只好乖乖从命，还一再鞠躬称谢。

　　运用明拍暗打，也跟明打暗拍一样，既实现自己的目的，又设法替对方保住面子。无论如何，维持表面的尊重总是重要的。

○ 先打后拍

　　当你在与对方的较量中占得上风时，千万不要得意洋洋，表现出高人一等的样子，否则，对方看在眼里，恨在心上，就

163

会想方设法奉还今天的屈辱。如果你向对方表示尊敬之意，表明自己只是侥幸取胜，对方就会怨恨顿消。

　　土耳其与希腊曾进行了几个世纪的对抗。1922 年，穆斯塔法·凯墨尔率领土耳其军队与希腊人进行了一场惨烈的战争，并最终获胜。当希腊的两位将军前来谈判投降事宜时，凯墨尔没有一丝骄气，自始至终表现得客客气气。谈判结束后，他又以军人对军人的口气说："两位先生，战争中有许多偶然情况，有时最优秀的军人也会打败仗。"那两位希腊将军不由得为凯墨尔的气度深深折服。

　　在人际冲突中，你的目的是使事情对自己有利，而不是为自己树敌。从利益出发，你必须打痛对方，但通过拍的手段，却可以减轻敌意，以免发生更激烈的冲突，造成两败俱伤的结果。毫无疑问，这是处理矛盾的上策。

控 权力是控出来的

　　成功最大的敌人不是缺少机会，不是才能平庸，不是资历浅薄，而是缺乏对自我情绪的控制。儒家讲"修身齐家治国平天下"，就是通过修炼自我控制能力，进而达到控制他人、乃至控制天下的目的。当然，你不可能让别人无条件地忠于你、为你效劳，除非他能从中获得自己需要的利益。以利益诱导人，以人格感化人，以规则约束人，是控人的三大要点。

● 对自己要有一股狠劲

　　谋大事者，放弃外在的坚硬，而内心保持不屈，炼就"外圆内方"、"大直若曲"的功夫。他们站在矮檐下，暂时低下头，是为了再一次昂起高贵的头。

　　著名心理学家瓦尔特·米歇尔曾对斯坦福大学附属幼儿园的一群儿童进行了一个有趣的自制力试验：他告诉那些孩子说，一个大哥要外出办事，如果耐心地等待他回来，就可以得到两块糖果；如果不愿意等，便只能拿一块，而且可以立刻拿到。

有些孩子一直耐心地等待大哥办事回来。最后，他们终于得到了两块糖果。相反，有些小孩则比较冲动，大哥刚走开，便马上拿走糖果。

十几年后，当这些孩子成为青少年时，两种反应的孩子在情绪与社会方面的差异非常大。四岁时就能抵抗诱惑的孩子到青少年时期显得社会适应能力较佳，较自信，人际关系较好，也较能面对挫折。沉不住气的孩子则有约 1/3 表现出退缩或惊惶失措、羡慕别人、冲动易怒、常与人争斗等特点。

这项实验证明了一件事：自我控制能力对人生的成功有重要影响！

◯ 摆脱坏习惯的控制

在我国，哲人们早就认识到了这一点，儒家讲"修身齐家治国平天下"，就是通过修炼自我控制能力，进而达到控制他人、乃至控制天下的目的。

保罗·盖蒂年轻时，喜爱旅游。有一次，他开着车在法国的乡村疾驰时，天下起了大雨。他觉得在雨中开车特别带劲，直到夜深了才觉得有必要休息一下。于是，他在一个小城镇找了一家小旅馆住下来。

简单吃过一点东西后，盖蒂倒在床上，准备睡觉。在即将睡着的一刹那，他忽然想抽一支烟。但烟盒已空了。四处找也没找到。

盖蒂决定出去买烟。在这个小城镇，他惟一能买到烟的地方是远在几公里之外的火车站。但是，他转念一想，"难道我是疯了吗？居然在半夜三更，冒着倾盆大雨，走好几公里路，目的只是为了抽一颗烟，真是太荒唐了！太缺少控制力！简直就像个两三岁的小孩子。"

他决定不去买烟。

这天晚上，他睡得特别香甜，心情很愉快。

从这天开始，盖蒂再也没有抽过烟。

盖蒂很为自己自豪，因为他彻底摆脱了一个坏习惯的控制。从此他属于自己，不再是这个坏习惯的奴隶。

> 一个人的诸多坏习惯中，最坏的习惯是：顺从自己的习惯，从不加以克制。你能够改变这个习惯，那么，你就是一个真正自由的人，你就能真正控制自己，并进而控制自己的命运。

○ 修炼自我控制能力

日本大企业家坪内寿夫年轻时，也是一个默默无闻的小人物。他经营一家小电影院，生意时好时坏。有一次，他决定扩大电影院的规模，去向银行贷款。银行经办人员知道他烟瘾极大，一天要抽几十支，就开玩笑说："除非你戒烟，我们才贷款给你。"

坪内寿夫问："抽烟跟贷款有什么关系呢？"

"我们担心你的健康。"

坪内寿夫明白了：吸烟有害健康，万一自己因病一命呜呼，银行找谁收贷款去？

他意识到吸烟对自己的社交形象没有好处，决定戒烟。凡抽过烟的人都知道，一旦抽烟上瘾，想戒掉是很难的。但坪内寿夫是个意志极坚定的人，他一次连抽 200 支烟，直到口干舌燥、头晕目眩。从第二天开始，他再也没有碰过烟。

> 一个人不能有效控制自己的原因，是对自己过于宽容，凡有所欲，便想满足，却不能按需要做事。能够取得出众成就的人，往往是对自己狠得下心的人，

167

能够逼迫自己去做那些不喜欢、甚至很难受的事情。

○ 对他人要能忍

干大事者，往往善忍，能分清大事小事，头脑始终保持几分冷静。他们按需要做事，绝不因情绪作用而冲动做事。他们不会因为一些鸡毛蒜皮使自己卷入纠纷之中。这样，他们就能够集中精力在那些人生大事上，因而能获得成功。

美国著名的拳王乔·路易，纵横拳坛，打败过许多高手。但是他私下里为人十分谦和，与场上的勇猛完全不一样。

有一天，他和朋友骑车一起外出，在路上和一辆货车相刮。对方下车来气冲冲地把他们痛骂了一顿。

等货车司机走了以后，他的朋友问他为什么不修理那个家伙。

乔·路易很幽默地回答："如果有人侮辱了歌王卡罗素，你想卡罗素会为他唱一首歌吗？"

忍是有原则的，它不是软弱可欺的同义词。它是一种修养，一种气度，一种智慧，一种人生的策略。有人把发怒的人形容为"踢人的驴"，这个比喻相当巧妙，也相当形象。想一想，当驴子踢了你一脚，你非要踢还驴子一脚吗？这时候，控制住自己的情绪，理智地处理问题，无疑是更有利的做法。

○ "在该低头时要低头"

富兰克林年轻时，才高气盛，因而让很多人看不惯。
一次，他去导师家里讨教几个问题。进门时，他的头碰在低矮的门框上，痛得呲牙咧嘴。这时，他的导师意味深长地说："年轻人，这是我想教给你的第一课：在该低头时要低头。"

富兰克林深受启发。经过长时间的修炼，他成了一位谦逊有礼、温尔文雅的绅士。人们称道他更多的，不是他的巨大成就，而是他出众的人品。

俗话说：人在矮檐下，怎能不低头。有人认为这是一种无奈，一种有损于尊严的选择；而有人却赞成这句话，认为这是一种人生的高级策略。

不自控者酿大祸

人活在世上，不可能独来独往，总是同他人有着千丝万缕的联系，所以你不能想做什么就做什么，别人也不可能为了你而存在，对你言听计从、百依百顺。所以在生活中，就要学会自我控制，不要以自己的好恶喜怒去解决生活中的不如意。

戴尔·卡耐基曾对美国各监狱的 16 万成年犯人做过一项调查，发现了一个惊人的事实：这些不幸的男女犯人之所以沦落到监狱中，有 90% 的人是因为他们缺乏必要的自制力，结果一时冲动，犯了法。

成功最大的敌人不是缺少机会，不是资历浅薄，而是缺乏对自己情绪的控制。要想获得成功，第一项要学会的能力是：驾驭情绪而不是让情绪驾驭。

● 五种高级说服手段

> 充分考虑对方利益，是智慧的第一要义。以利
> 益诱导对方按自己的意愿行事，是最有效的手段。
> 与之相比，用欺诈或强迫手段让别人服从，未免太
> 愚蠢了！

在工作或生活中，经常需要说服别人按我们的意图去做。
假如对方不认同我们的观点或方法，说服将是一项很困难的
工作。争吵和强迫是等而下之的手段，这里将介绍几种高级
说服手段。

○ 给对方提供一个较次的参照物

一件事情的好与坏，经常只是一种感觉，并无一定。为了
让别人满意，提供一个比较次的事物作参照，通常是有效的。

简是一个活泼可爱的女孩，从小聪明好学，她的父母也
一直为她在学习上的优秀表现感到自豪。上大学后，她将更
多的时间用于接触新事物和结交新朋友，以至没有时间读书。
作为放松学习的结果，期末考试时，她得了三个 C 和两个 E，
意思就是三个及格和两个不及格。

眼看假期到了，她真的不知道回家后父母会如何看待她
的分数！如何让爸爸妈妈心平气和地接受她的成绩呢？简决
定先给家里写一封信。

不久后，简的父母收到女儿的这封信：

"亲爱的爸爸妈妈，也许我早就应该写信报告我的真实
情况。现在我要高兴地告诉你们，在上次的宿舍大火中摔
坏的腿，已经基本痊愈，因脑震荡造成的疼痛也不再天天
发作。

"在上次的宿舍大火中，我从楼上跳下来时，正好被一个加油站的工人看见。是他报的警，我才被及时送到医院。他曾经来医院看望我。我们相爱了。鉴于我现在的情况，能找到一个男朋友已经非常庆幸了，不应该计较对方的背景。我们决定马上结婚，因为我不希望在宝宝降生后才举行婚礼。我相信你们一定很高兴见到我的小宝宝。

"最后，我要告诉你们的是，没有宿舍大火，没有跳楼和受伤，没有加油站工人和男朋友，也没有小宝宝。但我期末考试得了三个C和两个D，希望你们能够正确看待这个分数！"

简的父母读到这封信时，差点被它的前半部分吓晕了。直到看见最后几行字，那颗悬着的心才算落到实处。他们忽然觉得，女儿只是送给他们三个C和两个E，已经很给面子了，应该感恩惜福。所以，当那个漂亮、健康又调皮的女儿回到家时，他们满怀欣喜地将她拥进怀里，没有丝毫的不满。

> 好与坏，是比较的结果。你想让别人觉得好，就提供一个较坏的事物做参照；你想让别人觉得不好，就提供一个较好的事物做参照。这样，你就能有效控制对方的心情。

让对方看到实惠

充分考虑对方利益，是智慧的第一要义。以利益诱导对方按自己的意愿行事，是最有效的手段。与之相比，用欺诈或强迫手段让别人服从，未免太愚蠢了！

草海是黔西一个高原湖泊，栖息着黑颈鹤等多种濒临绝迹的珍贵鸟类，被列为国家级自然保护区。

草海周围居住着两万多农民，在湖中捕鱼是他们的主要副业。人鸟争食，不免使黑颈鹤的生存环境受到破坏。为此，当地政府严令禁止下湖捕鱼。农民们对政府禁令置若罔闻，草海的自然环境一天天恶化。

有关部门决心解决违禁捕鱼的问题，于是出动警力，将正在湖中捕鱼的农民包围起来，饿了一天，所有鱼网都被捣毁。附近的农民得到这个消息，群情激愤，拿着镰刀、斧头，驾着小船，从四面八方蜂拥而来，对政府工作人员来了个反包围。工作人员不得不鸣枪示警，夺路突围。自此，双方变得更加对立，想管的不敢管，被管的不服管，草海环境进一步恶化。

后来，一个保护鹤类的组织——"国际鹤类基金会"派人来到草海。他们得知，当地农民生活条件极差，如果失去捕鱼收入，他们的生活将更加困难。于是，该基金会同意向农民发放扶贫贷款，农民们拿着扶贫款，纷纷干起了其他营生。自此，草海环境得到根本解决。

> 对一个有智慧的人来说，不管他是否有权力强迫别人服从，他都不会干这种傻事。因为表面的驯服不是根本的解决之道，反而为日后埋下了冲突的种子。以利益让人乐从，胜于以权力让人服从。

◯ 用事实说话

事实胜于雄辩，这句话可以视为真理。掌握了事实，接下来要做的是如何让事实准确地呈现出来。

日本一家沙子公司，曾给一家著名的建筑公司供应沙子。后来由于沙子质量等原因，双方业务关系中断了七年。

七年后，沙子公司研制出质量领先的无尘沙子，他们想恢复跟这家建筑公司的业务关系，而该建筑公司的主管们已对沙子公司印象恶劣，根本不给他们机会。

当大家都对重新发展这个重要客户失去信心时，一位经验丰富的推销员毛遂自荐，决定最后试一试。

推销员带着样品，找到了这家建筑公司的负责人，恭恭敬敬地递上名片，请求允许他说两句话。

负责人心想，两句话耽误不了多少时间，就同意了。

推销员却不急于开口。他打开皮包，取出两张报纸，铺在地板上。负责人不解地看着他，不知他葫芦里卖的什么药。

推销员接着从皮包里取出一个装着沙子的小布袋，举离地面一尺来高，将沙子倾倒在报纸上，沙子立刻尘土飞扬。负责人下意识地捂住鼻子，大皱眉头。这时，推销员不慌不忙地说："这就是贵公司目前使用的沙子。"

然后，推销员又取出另一个装着沙子的小布袋，从同样的高度倾倒在报纸上。这回一点飞尘也没有。他笑着说："这就是敝公司生产的无尘沙子。"

果真只有两句话，负责人就被说服了，当即决定签约。

掌握了事实，能否准确表达出来，取决于你的表达能力以及表达的方式。很多人在这方面缺乏必要的修炼，有理讲不清，有苦说不出，有情不会表，这是很遗憾的事，无疑应该在沟通能力方面多加训练。

做个样子给人看

在管理上有一条原则：看我的，或者叫：我示范。当你希望别人表现得合乎你的要求时，没有什么比你亲自做给别人看更有事实说服力。

一位30岁出头的女老板买下了一家不景气的国营造纸厂。那时正是严冬，由于工厂停产多日，各处管道都冻住了。为了保证如期开工，厂方发动工人们加班加点烘烤管道。干到晚上，工人们都不乐意了，有的人说气话："他妈的，工厂还没开业，就让老子当牛做马替她卖命。"有的人说风凉话："资本家都这样，不剥削咱们工人阶级的剩余价值，怎么能发财？"结果大家越干越没劲，最后都坐下来，只顾着聊天说闲话。

这时候，女老板来了。她吃力地拉着一大筐木材，拉到水管边，擦一把汗，一声不响地架起木材，生起火来。这无声的语言，使工人们沉不住气了。他们身强力壮的，却眼睁睁地看着一个弱女子在那里忙活，于心何忍？于是，他们也不声不响干起来，再也没人说废话。

> 孔子说："己有之而后求诸人，己无之而后非诸人。"自己袖着手在那里要求别人，是没人服气的。你先给别人做出一个样子来，这就是最好的说服力。

● 做大事者要有人格征服力

> 世上很多事情，难分对与错，无非是公说公有理，婆说婆有理。到底谁有理，就看谁的意志更坚定。当你坚持到大家都不想再坚持时，你就有理了。所以，你想控制别人，一定要有比别人更坚强的神经。

人格是一个人品质、意志和作风的集中体现，优秀的人格具有强大的感召力和影响力。

人格魅力并非只属于位高权重的领导者，任何一个拥有高尚人格者，都能有力地影响他周围的人。这是做大事业必不可少的素质。

◯ 宽则得众

你得不到你容不下的东西。你的房子太小，不得不将财宝堆在外面，迟早会失去。这是个显而易见的道理。这就是说，你的心胸有多宽广，才有可能做成多大的事业。

串田先生身兼明治保险公司董事长、三菱银行总裁、三菱总公司理事长等要职，是整个三菱财团名符其实的最高首脑，在日本企业界拥有很高的地位。

一次，明治保险公司的一位推销员原一平想出了一个推销计划：找串田先生要一份日本大企业高层领导人的名单和简历，直接向他们推销保险业务。

原一平很为自己这个构想得意，就托自己的上司向上致意，求见串田先生，并获得批准。

当原一平向串田先生讲起自己的推销计划时，串田先生打断他的话，喝道："什么！你以为我会介绍保险这玩意？"

谁知原一平十分倔强，一听串田把保险说成"这玩意"，顿时被激怒了，冲串田先生吼道："你这混账家伙！你居然说'保险这玩意'？保险不也是公司的业务吗？你还是公司的董事长！我这就回公司去，向全体同仁转达你的话！"说完，他转身就走。

一个无名小卒居然敢当面辱骂他，这是串田先生从未遇到过的事。但他生气过后很快冷静下来，仔细思考这位小职员的计划，觉得确是一个能促进公司发展的好构想。于是，他当即召集有关人员开会，决定实施这个计划。

当天晚上，原一平收到一封串田先生的亲笔信："今天，你特地来找我，我却是个老糊涂，居然没有善待你，实在失礼！明天是周末，若不嫌麻烦，望你能拨冗惠顾舍下一趟。"

第二天，串田先生亲切会见了原一平，还特地为他定做了西装、衬衫、皮鞋，并说："一个像样的推销员必须有像样的外表。"原一平感动得差点掉下眼泪。他诚恳地向串田鞠躬道歉，自责自己的无礼行为，并表示今后一定要以全部精力投入到保险事业中去。

原一平果未失言，他连续 15 年保持全国推销冠军纪录，被誉为"推销之神"。他一辈子都没有忘记串田先生的恩德。

> 大凡杰出人士，都有一个特点：严于律己，宽以待人。这并非只是一种道德修养，同样也是一种处世策略。只有严于律己，才会在自己的事业与生活中做得比常人好，并且少犯愚蠢的错误；只有宽以待人，才会深得民心，为自己的事业奠定稳固的根基。这是人生成功不可或缺的两个要素。

◯ 遇危不避敢担当

春秋时，吴王夫差率军攻打越国一座城池。他躲在能抵挡箭雨的篷子里，结果城老是攻不下来。伍子胥大声呵斥他，要他出来。他刚走到能被箭射到的地方，城就攻下来了。

遇危不避的鼓舞力，不仅在战场上能发挥作用，它也适用于任何需要团队协作的场合。

井植薰是三洋电机公司的创始人之一。在自创基业前，他是松下电器公司的重要干部。有一年，井植薰被任命为松下电器公司真空工业所的厂长。在此之前，他曾力谏松下老板关闭这家亏损累累的工厂。所以，当他去赴任时，工人们都举着小旗，不断地喊着口号："关闭工厂的人滚回去！"

在这种严重敌对的情况下走马上任，确实是很困难的。但井植薰以自己超凡的勇气应付着一切。

经过一段时间摸底调查，井植薰认为要重建真空工业所，需要裁减 200 名工人，但是这无疑会激起工人更大的愤怒。井植薰左思右想，决定用抓阄这种古老方法来决定。他将工人们召集起来，说：

"裁员出于无奈，我祝大家幸运。当然我自己要也参加抓阄。"

井植薰用颤抖的双手打开一个纸团，上面写着"留任"二字。他双手紧紧地合在了一起。他相信这真的是神的旨意。假如他抓到的是"离任"，就要有负松下老板的重托了。

最后，井植薰同工会一起妥善安排了那200名"离任"的工人，双方都含着热泪无怨无悔地道别。

在井植薰的领导下，几个月后，真空工业所便扭亏为盈，成了松下电器公司的盈利大户。

> 有一句话说得好：随流性转，只是常人。普通人的特点是，无可无不可，没有必须坚守的原则，见利而趋，见危则避。所以他们永远只是普通人，杰出人士则不然。他们做自己认为必须做的事情，不以利害而改变自己做人处世的原则，就像磐石一样坚定。所以，别人也敢于把命运放心地交托在他手中，并忠诚地追随他。无形中，他就积累了一股干大事的力量。

◯ 意志力一定要比普通人坚定

世上很多事情，难分对与错，无非是公说公有理，婆说婆有理。到底谁有理，就看谁的意志更坚定。当你坚持到大家都不想再坚持时，你就有理了。所以，你想控制别人，一定要有比别人更坚强的神经。

稻盛和夫是日本京都制陶公司的创始人。初创业时，公司实力有限，需苦打苦拼才能维持。所以，他手下的员工薪水低，工作时间长。他认为这是有道理的。因为他把员工当家人，只要大家同心协力把家业撑大，好处反正都是大家的。

员工们却希望工作时间短一点、薪水高一点。他们联名写了抗议书，并推举波元户领头，与稻盛进行交涉。

稻盛坚决不肯答应员工的条件，并找出种种理由证明自己的做法没错。双方辩论了三天三夜。最后大家都接受了稻盛的意见，只有波元户一人仍坚持己见。

稻盛拿出一把匕首，交给波元户说："我若是骗你的话，你拿匕首来刺我好了。我已经做好了剖腹的准备。想要和我决斗也可以。"

波元户大吃一惊，觉得稻盛非同常人，于是决定跟着稻盛一起干。大家齐心协力，把京都制陶做成了一家国际化大公司。最初的那些员工都成了受惠人，低工资时代也一去不复返了。

> 培养意志力的要点是：凡是自己认为必须做的事情，就不计成败利钝，咬紧牙关去做，绝不迁就让步。只要坚持，终将修成正果。

○ 坦率真诚最感人

据有关调查显示，大商人都具有坦率真诚、说话言无不义的特点。这正是他们让人信服的原因所在。

有一年，几位工会代表想和盖蒂谈判，要求提高工人们的工资。盖蒂私下认为，按工会代表们提出数目的一半给员工加薪才是合理的。

盖蒂带着公司去年一年的生产成本及售价、公司损益核算表、公司整体财政状况等文件去和劳工代表谈判。他耐心倾听劳工代表提出的要求后，把带来的文件交给工会发言人。

盖蒂坦率地说："我猜我们可能会在这里开好几天的会！但是，据我所知，假如我们能从获得的结果出发考虑，那是更合理的做法。公司负担不起你们要求的数目，文件可证明这一点。你们可以减少数目的一半，这是公司目前所能支付的最高额了。如果明年产量和利润能提高的话，我将很乐意再跟你们商量另一半。"

劳工代表们被盖蒂坦率的真心话折服了。

于是，双方在友好的气氛下签订了合约，谈判顺利结束。

古人讲为帅要有五德：勇、毅、仁、智、信，缺一不可。这五德都是常人难以具备的。正因为不同寻常，才具有强大的人格感召力和征服力。道理很简单，我们不会完全信赖一个跟我们差不多的人，除非他具有某种我们特别欣赏但又高不可及的东西，我们才会崇拜他，并乐于服从他。所以，你想集合众人的力量干大事业，必须修炼出杰出的人格魅力。

● "灌迷魂汤"的技巧

了解对方喜欢什么，讨厌什么，渴望什么，害怕什么，你就能控制对方的心情，牵着他的鼻子走。有一句话说得好："了解人性人情，你就无所不能。"

人的正常心理是：尽量逃离自己害怕的事物，而趋向自己渴望的事物。你只要知道对方害怕什么，喜欢什么，并施展适当的手段，你就能牵着他的鼻子走。

调动对方内心的欲望

人的欲望不尽相同，根据不同对象，找出他心中最渴望的事，重点突破，就能打破他的心理防线。

第二次世界大战后期，日军在南太平洋战场上节节败退。一次，美军攻占了一个日军驻守的岛屿，日军残余部队退缩到一个山洞中负隅顽抗。美军喊话让他们投降，并许诺优待他们，绝不伤害他们的性命。但日军不为所动，继续朝洞外开枪。

这时，一位美军士兵开玩笑说："如果投降，可以带你们到好莱坞一游，瞻仰女明星的风采。"

话音刚落，枪声立即停止了。过不久，日本兵一个个爬出洞穴，缴械投降了。

那位美国兵真是说到点子上了，这群日本兵不怕死，但却仰慕明星。听说能有机会见识神话般的女明星，便又有了生的欲望。后来，美军司令部为了维护信誉，真的安排他们到好莱坞一游，让他们大饱眼福。

> 人既有个性，又有共性。"衣食男女，人之大欲存焉"，这是共性。就个性而言，就要根据具体对象来考察，没有一定。要调动对方的欲望，最好从个性入手，探知他心中最渴望的东西，并提供恰如其分的诱饵，然后你才能牵着他的鼻子走。

找准对方的兴趣点，投其所好

孔子的弟子之一子贡游说四国的真实故事，是一个非常典型的例子。

春秋时，齐简公派大将国书率大军进攻鲁国。实力不济的鲁国岌岌可危。子贡自告奋勇，决心以三寸不烂之舌拯救鲁国。

他知道国书与齐相国田常是政敌。于是，他来到齐国，对田常说："忧患在外面，应该先攻弱敌；忧患在内部，应该先攻强敌。你现在让国书去攻打弱小的鲁国，不是让他建立功劳，培养势力，削弱你自己吗？"

田常一听有理，忙问怎么办。子贡告诉他，应该让国书去攻打强大的吴国。田常为难地说，齐国大军已向鲁国进发，中途改道进攻吴国，没有道理。子贡表示自己可以为他找到理由。田常欣然应允。

子贡又马不停蹄地赶到吴国。他知道吴王夫差野心勃勃，做梦都想称霸天下。于是，他对夫差说："假如齐国吞并鲁国，实力增强，必然转攻吴国，大王不如先下手为强，联鲁伐齐，这样，大王不但可以获得扶助弱小的美名，又可向诸侯显示实力，称霸天下指日可待。"

夫差一听就动心了，可他又担心大军出发后，越国会趁虚而入。子贡表示愿意为他解除后顾之忧。他知道越国跟吴国有亡国之恨，时时图谋复仇。于是，他来到越国，对越王勾践说："心中的图谋被敌人知悉，是很危险的事呀！现在吴国想出兵伐齐，却怕越国乘虚而入，是不是对大王有所怀疑？"

勾践大吃一惊，忙问怎么办。子贡劝他出兵帮助吴国伐齐，以打消吴王心中的疑虑。勾践欣然应允。这样，吴越联军便浩浩荡荡向齐国进发了。子贡知道吴国必胜，到那时，吴国可能会趁势进攻晋国，兼并鲁国。为了消除隐患，他又跑到晋国，劝晋王早做准备。

后来的事一如子贡所料：吴军与齐军大战，大获全胜，齐军主帅国书死于乱军之中。吴军乘胜进攻晋国。晋军以逸待劳，击退吴军，吴王夫差铩羽而归。鲁国之危顿时解除。

本例中，子贡抓住各说服对象的兴趣点，施展如簧口舌，结果如愿以偿，实在是深得控人之道。

投其所好就是关注对方的兴趣，从对方的兴趣出发，谈论对方感兴趣的事，以达到自己的目的。

○ 半诱半吓，猛灌"迷魂汤"

趋利避害是人的正常心理，无论是以利诱之，还是以害畏之，都是有效的控制手段。若是二者兼施效果当然更佳。对方将像喝了"迷魂汤"一样，任你支配。

明朝有一位姓张的官员，机智过人。他在某县任县令时，有一天，县衙来了两位彪形大汉，手里拿着公文，自称是锦衣卫的人，来本地办案。张县令不敢怠慢，忙将二人请进密室相谈。

没想到，刚进密室，这两个家伙便拔出刀，架在张县令的脖子上，重新报上名号。张县令这才明白，原来此二人乃是被通缉的江洋大盗。

两位大盗说："我们来找你，只是借些钱花。只向你商借白银 5 000 两，猜想贵县的库房，不会没有这个数目吧？"

张县令是读书人出身，手无缚鸡之力。在两位大盗的挟持下，连一点反抗的余地也没有。然则，他要是将国库的银子送给两位大盗，将难逃罪责，轻则丢官，重则掉脑袋。张县令决定先好言周旋，再见机行事。他装着很惋惜的样子，对两位大盗说：

"你们刚才冒充锦衣卫，我并没有识破你们，你们为何急忙暴露身份呢？假如你们以公事为名，要求从国库提取现银，我哪敢不照办？这样对你们、对我，不是都省了许多麻烦吗？"

两位大盗一听，言之有理！顿时显出很懊悔的样子。

张县令又说："从国库提取现银，有一定的章程，需要好几个主管签字审批。在签批过程中，难保没有人怀疑。你们的身份一旦被人识破，结果我想你们是知道的。"

这话又说在理上，两位大盗感到这件事确实难成，又不愿就此罢手，心里不免焦躁起来。

张县令察言观色，怕他们心急上火，赶紧又说："我愿意为你们另设他法。"

两位大盗忙问："你有什么好办法？"

张县令说："我在本县为官多年，地方士绅还算卖我薄面。不如我向他们借5000两银子给你们。"

两个大盗认为这办法很好，又担心其中有诈。正在犹豫，张县令又说："你们肯定不放心让我出去借银，我可以找一个可靠的人代办。我有一个书办，做事还算老稳，那些富户都认得他。我写好欠条，让他以我的名义去借银，肯定没有问题。不过你们最好把刀藏起来，别让他看出你们的身份。"

两位大盗觉得此法可行，便听从劝告，将刀藏起。其中一人出去，将张县令所说的书办叫进来。

张县令对书办说："我被仇家抓住把柄，告上去了。这两位锦衣卫大人愿意从中化解，使我免去罪责。为表示感谢，我决定送给他们白银5000两。可惜我手头无银，只好向本地富户暂借。我要在这里陪两位大人，脱不开身，你代我走一趟吧！"

说完，张县令取出纸笔，坐下来写借条。他总共写了七张欠条，累计正好5000两。书办接过欠条，转身出去了。

两位大盗自始至终留意着张县令的一言一行，对他写的欠条也仔细看过，未发现任何破绽，便完全放了心。等书办出去后，他们跟张县令随意聊天，显得很放松。

过了不知多久，书办带着七个衣着光鲜的人走进来。他们手里都抱着一个沉甸甸的布包。两位大盗以为他们抱着的是银子，谁知当他们解开布包时，亮出来的却是兵器。两位大盗顿时明白中计，可来不及有所动作，已经被制服在地。

这是怎么回事呢？原来书办是个很聪明的人，他发现县令欠条中所写的七个人，根本不是什么富户，而是本地几个武士，顿时明白了是怎么回事。于是，他不动声色地走出去，邀来这几个武士，将两个大盗一举擒获。

在本例中，张县令完全摸准了两个大盗的心理变化，知道他们想要什么，害怕什么，并依此设计，既擒获了大盗，又保全了了自己，堪称高明！

> 了解对方喜欢什么，讨厌什么，渴望什么，害怕什么，你就能控制对方的心情，牵着他的鼻子走。有一句话说得好："了解人性人情，你就无所不能。"

● 如何镇住对方

> 人的天性是欺软怕硬，所以要想控制他人，不妨显示一下自己的力量和决心，尤其是领导者。力量和决心是征服下属、瓦解抵抗的精确制导炸弹。

各个国家都要举行阅兵仪式，这不是怕老百姓寂寞，搞出点热闹让人瞧，而是警告某些阴谋家、野心家：国家机器强大得很，不要抱有什么企图。同时警告外国势力：本国实力强大，有备无患，不要怀有非分之想。而且，对普通老百姓也有一定安慰作用：我们有能力保护你们，安分守己做你们的良民吧！

显示力量以镇住对方，是一种重要的控制手段，能作用于社会生活的各个层面。运用这种手段，既可避免冲突，也可帮助自己占得心理上的优势，甚至能达到不战而屈人之兵的效果。

○ 先给对方来一个"下马威"

人的天性是欺软怕硬，所以要想控制他人，不妨显示一下自己的力量和决心，尤其是领导者。力量和决心是征服下属、瓦解抵抗的精确制导炸弹。

滕田田是日本著名企业家。一次，他去拜访美国的商务部长。简短交谈后，部长忽然站起来，对滕田田说："请你看一样东西。"

滕田田正在猜测是什么东西，部长从桌子旁边拿起一条长绳，朝十米开外的一把椅子掷过去，绳端的活扣准确地套住了那把椅子。滕田田不禁惊得目瞪口呆。

部长对他说，自己是牧童出身，小时候天天练习用绳扣套牛。滕田田心里暗暗佩服，觉得部长是个了不起的西部牛仔，真正的男子汉，怪不得他的一举一动是如此与众不同。在此后的会谈中，滕田田在心理方面一直处于劣势，很多话题不由自主地附和部长的意思，没有信心坚持自己的意见。

部长的套绳技巧跟他的职务以及会谈内容并无关系，为什么能对滕田田产生控制力呢？因为无论经商还是从政，都崇尚文雅。部长显示自己体魄上的超强实力，有某种暗示作用：在必要时也可能采用勇武的做法，不是非跟你讲文明礼貌不可！

论武功滕田田明显不行，自然心生畏怯之意。这等于是给了他一个"下马威"。

值得注意的是，此招一般对个性平和之人比较有效。若是对方性情偏激执拗，除非你比他强大十倍，才可能镇住他，否则反而激起他的对抗之心，所以不可乱用。

既讲道理，又讲实力

墨子是春秋战国时期的思想家，主张兼爱、非攻，晚年在宋国授徒讲学。

有一次，著名巧匠公输班为楚惠王制造出了一种攻城器械——云梯，准备攻打北方的小国宋。墨子这时已是 90 岁高龄，得知此事后，仍不辞辛苦，经过十天长途跋涉，赶到楚国都城，试图阻止这场侵略战争。

墨子是大学者，讲道理是最拿手的，所以他径直去找公输般讲道理。他故意以赠千金为条件，让公输般帮他去杀一个人。公输般也是大师级人物，岂能替人当杀手？他非常恼怒，宣称自己"义不杀人"。

墨子顺势责问他：楚国本来地广人稀，你们却要动用稀缺的人口去掠夺多余的土地，不能说是明智之举；宋国没有什么罪过，这样兴师侵犯，不能算是仁义；你公输般讲仁义，连一个人都不愿意杀，却要帮助楚王去杀害一大批无辜的宋国人，怎么能说得过去呢？

公输般无言以对，彻底折服了。

但是打不打仗，还是楚惠王说了算。墨子又去跟楚惠王讲道理。

他问：如果一个人拥有华车、锦衣、佳肴，却要去偷别人的破车、布衣、粗茶淡饭，这是个什么样的人呀？

楚王说：这一定是个偷窃狂。

墨子又趁势问：楚国方圆五千里，而宋国只有五百里，就好比华车与破车；楚国有云梦、大泽，渔产丰富，而宋国连野兔、鲫鱼都没有，就好比佳肴与粗茶淡饭；楚国盛产各种名贵木材，而宋国连棵像样的树都没有，就好比华衣与布衣。可是强大的楚国却要去攻打弱小的宋国，不是偷窃狂又是什么呢？

楚惠王自知理亏，但他打算蛮不讲理。他说，楚国拥有云梯，一定可以攻下宋国。

墨子为了说服楚王，只好跟他讲实力。他用衣带围成城池，用筷子模拟攻城器械，与公输般来了一场别开生面的沙盘演练，结果公输般穷其所有，仍无法攻下城池。楚王的野心被墨子彻底挫败了。就这样，墨子不费一兵一卒，镇住了楚国，为后世留下一段佳话。

古人讲：文武之道，一张一弛。凡事要师出有名，在心理上才有一往无前的气势，所以不讲道理不行。但是，你没有跟对手抗衡的实力，对手跟你蛮不讲理，你也拿他没办法。所以光讲道理也不行，还要讲实力。文武两手，就能镇住对方。

○ 隐真示假，夸大实力

隐真示假是兵法上的一种计谋，目的是隐藏真正实力，或示强，或示弱，达到迷惑敌人的目的。孙膑减灶和虞诩增灶，都是运用此法的著名战例。

松永是日本神户一家商会的经理，该商会主要经营煤炭业务。一天，神户最豪华饭店的一位服务员来到松永的办公室，恭恭敬敬地交给他一份请柬，说是有一位先生想宴请他。松永虽然是经理，还从未到这么豪华的饭店吃过饭呢，心里不禁对那位请客的先生有了某种神秘感。

松永来到饭店，见到了请客的先生。这是一位衣着入时、名叫山下龟三郎的青年。席间，山下表示，自己跟一家大型煤炭零售店的老板很熟，他愿意给松永和这位老板牵线搭桥，促成交易，而他只要抽一点佣金就可以了。说着，山下叫过女招待，很随意地从怀里掏出一大叠钱，让女招待去买一点土特产来，又抽出一张给她做小费。山下出手如此豪阔，把松永搞得晕晕乎乎的，没怎么犹豫就答应了他的要求，并签下合同。

送走松永，山下立即结账，匆匆忙忙去赶末班车回家。因为他根本住不起这家豪华饭店，他只是一家小煤炭店的店主，因为无钱进货，才打主意向松永赊销。他身上那一大叠钱还是向亲友借来的！

在生活中，你当然没必要处处摆阔、打肿脸充胖子。但遇到特殊情况，哪怕只有十元钱，也要表现出能买下一座商场的派头，这样别人才敢相信你。

● 人生不是战场

假如你是一个能言善辩的人，不妨留心一下，好与人争辩的习惯到底给你带来了多少好处？如果于人于己都无利，不如学习一下不战而屈人的本领。

人生不是战场。把太多的时间浪费在争执与纠纷中，势必影响事业成长。但是，意见和利益的冲突却是在与人交往中无法避免的难题。

◻ 不战而屈人

富兰克林年轻时，最好与人争辩，这让他生活中充满了不开心的事。一天，一个老朋友指责他说：

"你真是无可救药。你已经打击了每一位和你意见不同的人。如果你不在场，你的朋友们会自在得多。你知道的太多了，没有人能再教你什么；也没有人打算告诉你些什么，因为那样会吃力不讨好。因此你不可能再吸收新知识了，但你的旧知识又很有限。"

富兰克林接受了这位老朋友的意见，从此立下一条规矩：绝不正面反对别人的意见，也不准自己太武断。他很快就体会到了改变态度的收获。正如他在自传中所说的那样："凡是我参与的谈话，气氛都融洽多了。我以谦虚的态度来表达自己的意见，不但容易被接受，更能减少一些冲突；我发现自己有错时，也不会出现什么难堪的场面，而我碰巧是对的时候，对方也不会固执己见而赞同我。"

他这种不战而屈人之兵的能力，使他成为美国历史上最能干、最和善、最圆滑的外交家。

> 能言善辩未必是一个人的优点，如果他总是弄得周围火星四溅，不如木讷寡言。假如你是一个能言善辩的人，不妨留心一下，好与人争辩的习惯到底给你带来了多少好处？如果于人于己都无利，不如学习一下不战而屈人的本领。

⬤ 将对方击退不如与他握手言和

在军事教科书中，"不战而屈人之兵"历来被奉为上策。那么，比"不战屈人"更高级的策略是什么呢？把敌人变成朋友。因为这种策略不仅能永绝后患，而且能使自己获得助力。

墨顿先生在一家百货公司买了一套西装，结果这套西装上衣褪色，弄脏了他的衬衫领子。

他再次来到这家百货公司，找到那位店员，表示要退货。店员说："这种西装我们卖出了好几千件，从来没有人要求退货呢！"

墨顿先生很生气。听店员的口气，好像他喜欢惹是生非似的。

这时，第二位店员插话说："所有深色的西装，因为颜色的关系，开始的时候会褪一点颜色，这是没有办法的。这种价钱的西装就是这样。"

"什么？你是说我买的是低级货！"墨顿先生更为光火。

正在这时，服装部的经理走过来了。问明情况后，非常礼貌地说："对不起！您对我们的服装不满意，肯定是有道理的。我建议您再穿一个星期试试看，如果那时候你还不满意，我们给你换一套满意的衣服。"他又对两位店员说："我们卖给顾客的商品，必须让我们的顾客感到100%的满意。假如顾客不满意，我们就应该设法让他满意。"

墨顿先生满意地走出了那家商店。

一星期后，没有什么问题发生，他没有去退货，反而增强了对那家百货店的信心，成了该店的忠实顾客。

兵法上讲，不战而屈人之兵是为上策。咄咄逼人的气势、滔滔不绝的口才并不能制服对手，耐心地倾听才能巧妙地控制对手的心。

● 怎样让别人乐意为你效劳

你不可能让别人无条件地忠于你、为你效劳，除非他能从中获得自己需要的利益。正如美国作家纳撒尼尔·布兰登所说："无论在道义上还是理智上，我们必须允许他人以自身利益为重。"

让别人乐意效劳，是一个立志干一番事业者必须学会的本领。无论你从政从商，还是治学治事，都必然要用人，要组建一支忠诚的团队。你所用之人的竭诚效力，是你获得成功的关键。

敢于信任别人，是成大事者的一大特点。信任能激发一个人的责任心、廉耻心和感恩心。如果你在信任的同时给予合理的报酬，对方一定会尽职尽责地完成他的工作。

日本"经营之神"松下幸之助以善于"造人"著称，他认为："人只要有了自觉性和责任心，就有力量完成乍看起来好像不可能完成的困难任务。"而信任是调动自觉性和责任心的最好办法。

有一次，松下决定任命年方23岁、进公司仅半年的斋藤周行去做神户地区营销主管。让一个新员工远离总部独立工作，似乎有一点冒险。但松下幸之助相信斋藤不会让自己失望。

临行前，松下幸之助对斋藤说："在松下电器公司，你是第一个有学历的推销员。你不单单是要开展推销活动，而且还肩负着代表松下电器公司、作为我的代理人同用户打交道的重要任务。不要忘记，用户满意即是松下电器公司的成功，你自己便是公司的代表。希望你以这种精神努力工作。"

斋藤很感激松下对他的信任，他带着"代表公司、代表老板"的心情，不知疲倦地在自己负责的地区内宣传促销，争取用户，和同行展开竞争，很快打开了局面。

为扩大销量，斋藤还为松下出了一个联络用户感情的主意：免费招待每月购入十台收音机的零售店老板到大阪总公司工厂参观和宝冢二日游，并向这些零售店赠送一台收音机，作为该店参加特约店的招牌。

这个富有创意的主意使松下电器公司的销售额成倍增加。而斋藤也因为自己的贡献，屡次得到升迁，后来还进入公司董事会，成为专务董事。

信任别人需要勇气。由于有个别价值观糜烂、极端自私的人存在，信任别人有时是一件很有风险的事情。不过，这其中有个风险概率的问题，只要你打算公平分配利益，绝大多数人是值得信任的。但是，假如你不打算公平给予别人应得利益，那么，别人对你的一切不忠实行为，都是你自己的过错。

○ "诚敬"二字最动人心

优秀人才是不会只为钱为别人卖命的，他们需要的是足够的尊重。

菲力斯东是美国燧石橡胶公司的创始人。公司刚成立时，设备十分简陋，只有屈指可数的几个工人，而且研制工作进展得很不顺利。

一天，在一家酒店里，菲力斯东遇到了落魄的发明家罗唐纳。他曾取得新式橡胶轮胎的发明专利权，并拿着设计图样和专利证书去找正在开发新产品的橡胶巨子史道夫。没想到，史道夫只是轻蔑地看了一下他的图样和专利证书，便一下抛在地上，说他是个骗子。

罗唐纳受此大辱，发誓今后再也不搞发明，终日以酒浇愁，穷困潦倒。

菲力斯东听说罗唐纳有一个发明专利，顿时兴起合作的念头。但此时的罗唐纳对任何人都不敢信任。

菲力斯东不愿放过这个机会，第二天专程到罗唐纳家拜访，还是被拒之门外。

菲力斯东下决心要用诚意打消他的疑心。于是，他蹲在罗唐纳门外，耐心地等待罗唐纳回心转意。他不吃不喝，整整等了一天，又饿又累，几乎支持不住了。

罗唐纳终为他的诚意所感动，决定帮助他大干一场。后来，菲力斯东运用罗唐纳的发明，制成了蓄气量很大而且不易脱落的橡胶轮胎。产品上市后，受到广泛的欢迎。凭借这一基础，燧石橡胶轮胎公司迅速发展壮大，成为美国最大的轮胎公司之一。

> 在现实中，只有抱着合作的心态，以心结心，以情感义，才能真正培养一支忠诚敬业的员工队伍。

○ 对将才一定要授予全权

《孙子兵法》说："将能而君不御者胜。"意思是说，主将有才能而领导者不干预他的指挥，就能打胜仗。

将才的能力需要借助权力方可充分发挥出来，权力不足必然导致能力不足。所以，如果你想重用某个人，一定要授予全权，使他充分发挥能力。

古耕虞是民国时的猪鬃大王。他想在天津开一家分公司，决定聘请毕业于美国纽约大学的硕士研究生袁冲霄为分公司经理，并表示将授予他全权，袁冲霄欣然应允。

袁冲霄准备去天津上任时，古耕虞为他饯行，说："分公司的事，我授予你全权了。做生意，赚钱亏本是常事。即使你做亏了本，我也绝不会责怪你。但我有个条件，那就是你不能破我的牌子，一个是按期履行合同，一个是保证产品质量。如果这两项做坏了，我会立即撤你的职。"

袁冲霄没有辜负古耕虞的信任，一年之内，天津分公司就获利200多万美元。

> 平庸的领导者常犯的毛病，对人才想用又不敢重用，想授权又不敢信任。这样，再有本事的人才在他手下也发挥不出能量，只好灰心丧气而去。所以，他终究会无人可用。

人的潜能无限，每个人都可干出一番大事。但由于受惰性的影响，潜能始终处于抑制状态，需要有人推动、激励方能充分发挥。有一个故事即可说明激励的作用。

在经济大危机时期，斯通的公司几乎走上末路。所有的推销员都认为，目前的困境都是客观原因造成的，自己无能为力。

但斯通并不这么认为。多年的经验告诉他，无论处境多么艰难，只要自己振作起来，事情就会向好的方面转化。为了鼓起斗志，他到一个又一个分部为员工打气。他告诉推销员们，他相信他们的能力，只要他们以积极的心态去面对困难，一定能够成功。他还提出了一个著名的观点："销售成功与否，取决于推销员，而不是顾客。"

为了证明自己的观点，斯通亲自到纽约州进行推销。令那些推销员们瞠目结舌的是，斯通成交的份数与以前景气时期不相上下。铁的事实大大刺激了推销员们的神经，他们重新鼓起了求胜的欲望。经过大家努力拼搏，公司的业绩超过了以往任何时候。后来，斯通的事业越做越大，手下拥有 5 000 多名推销员，被公认为美国最成功的保险业巨子。

以热诚鼓舞人，以情义感动人，以意志安抚人，以智慧点化人，以行动带动人，如果你学会了这些激励本领，你就能让部下成为龙精虎猛的英雄。

这里有必要说明的是，你必须站在部下的立场上，考虑他们的切身利益，制订游戏规则，使他们能通过努力满足自己的追求。这样，人人都会乐于效力。